中退サークル

百舌涼一

集英社文庫

目次

中退サークル

このサークルは、やめておけ

「もうどこのサークル入るか決めた？」

「この前行ったテニサーの新歓はたのしかったよ」

「あそこ、実際は飲みサーでテニスなんかしてないらしいぜ」

「マジ!?　じゃ、昨日のイベサーにしよっかな」

「ああ、毎年芸能人呼んでるらしいね」

「あ、わたし、カツジュンと会いたい！」

「いや、それは無理っしょ」

「確かに〜。はは。でも、就職強いとこも入っときたいよね」

「それなら広告研究会とかは？」

「広告かあ。あの業界ってもう終わってない？」

「学生起業家が集まってるサークルとかもあるらしいじゃん？」

「意識高い系ね。うち、あいつら、苦手」

この春、私立金田《かねだ》大学の二年生に無事進級した社本勇《しやもといさみ》は、テーブルを挟んで繰り広げられる新入生たちのやりとりを、グラス片手にぼんやりと眺めていた。

――ダ・ヴィンチの『最後の晩餐《ばんさん》』ってこんな構図だったっけ?

テーブルの向こうにはちょうど十三人の新入生が座っている。

中央に座っているソバージュ気味の女子がこれまでの会話を聞いて、不思議そうに、そして誰にというわけでもなく疑問を呈した。

「ここはどうなの?」

その一言に、使徒たちが、と勇が勝手に連想している新入生たちが、一瞬無言になる。

そして、ほぼ同時に十二人が手のひらを左右に激しく振り出した。

「いや、ないないないないない」

まるでシンクロナイズドスイミングのようだ。

――あ、いまは「アーティスティックスイミング」って言うんだっけ?

勇はテーブルという水面から上半身を出した十二人の使徒を見ながら、絵画と水泳が「アート」でシンクロすることをおもしろく感じていた。

「ここは、ないって!」

「知らないの? このサークルの噂《うわさ》」

「マジ、ヤバいよな」

「いや、ほんとそれな」

「やっと大学受かったばっかだっつーの」

「ここ入っちゃったら、わたし親に土下座しないと」

「仕送りカットだな」

「いや、強制送還っしょ」

「うち、実家だけど、逆に追い出されそう。なら働けって」

「ありえるわ〜。右に同じだわ〜」

「左も同じ」

「うん、このサークルだけはないな」

——ないの？

勇は、いま自分が所属している『金田大学行動研究会』というサークルが、なぜだか新入生たちから忌み嫌われているということを知り、ショックを受けていた。

——確かに、歴史が古くて部室が立派ってこと以外、何やってるかもよくわかんないサークルではあるけども……。

半ばなりゆきでここに入会していた勇は、このサークルの活動内容も実績も実態すらも知らないまま、いまに至っていた。とはいえ、すでに自分が会員となってしまっているサークルに目の前で「入りたくない」と明言されるのはさすがに気分がよろしくない。そのもやっとした気持ちをソバージュの女子が代弁してくれる。

「え？　でも、みんな新歓コンパには来てるじゃん？」

——そうだ、いいこと言うぞ、イエスちゃん！

勇は、『最後の晩餐』における位置関係と彼女の容姿から、勝手にあだ名をつけていた。

「いや、そりゃ、タダメシだし」

入る予定もないサークルの先輩のお金で飲み食いをする、という事実に微塵《みじん》の後ろめたさも感じていない顔で使徒たちはイエスちゃんを見つめる。

——全員ユダかよ。

飲み放題食べ放題二時間分目当てで。もっと言えば、新歓コンパで同級生の友だちや彼女を見つける目的で、彼ら彼女らはここにいるのだ。

「そっか。別に入んなくてもいいんだ！」

——イエスちゃん、おまえもか！

勇はそう心の中で叫ばずにはいられなかった。そこは周りに流されず「ノー」と言える人物であってほしかった。神の子の位置に座っているのだから。

しかし、こうなってくると金田大学行動研究会の「噂」というのが気になってくる。

勇は、一年生の冬、というイレギュラーな時期からの入会だったので、新入生のとき、新歓コンパには出席していない。なのでそんな噂があること自体知らなかったのだ。

「でも、そんなにヤバいの？　このサークルって」

どうやら、イエスちゃんは勇と似たような状況らしい。このサークルの噂もよく知らずにコンパに参加してしまったクチのようだ。

――ナイスだ、イエスちゃん！

テーブルの下で軽くガッツポーズをとる勇。この流れなら、気になる「ヤバい噂」を聞き出せるはず。勇は耳に全神経を集中する。

「ねえ、隣いい？」

コンセントレーションを高め、ビンビンに感度があがっていた耳のすぐそばで突然囁《ささや》かれ、勇は思わず腰を浮かせてしまう。

「あ、ごめんね。びっくりさせちゃった？　なんか、先輩から席替わってくれって言われて」

確かに隣にはさきほどまで、三年の先輩が座っていたはずだ。勇が見たことのない顔で、推察するに、飲み会のときだけ現れるタイプの会員なのだろう。

勇は向かい側で明かされようとしている噂の真相が気になって仕方なかったが、話しかけられて無視をするわけにもいかない。改めて声の主の方を向くと、そこには座っている状態でもわかるくらい小柄な女性の、申し訳なさそうな顔があった。

「あ、う、うん、大丈夫。先輩も俺とは話しづらそうだったし」

何を訊《き》かれても「さあ」「知らないです」「すみません」「先輩が決めてください」「それでいいです」と、新歓コンパで絶対にやってはいけない「さしすせそ」を繰り返していた勇は、その先輩が移動したがっていたのも薄々気づいていた。

「よかった」と言いながら、小柄な女性は掘りごたつの席に深く座り直しながら、肩上で切り揃《そろ》えられた髪をかきあげ、耳にかける。彼女の右耳が突如露《あらわ》になり、勇は情けないことにそれだけで少し鼓動が速くなってしまった。

「居酒屋ってやかましくて。隣のひとの話くらいちゃんと聞きたいもんね」

「う、うん」

勇は間の抜けた返事をしつつ、唾を飲み込むのがバレないように、ウーロン茶を喉に通過させた。

「あ、ウーロン飲んでる。ってことは現役?」

言われて気づいたが、ショートカットの彼女はオレンジ色の液体が入ったグラスを持っている。

「ん？ これ？ オレンジジュースじゃないよ。カシオレ。わたし、未成年じゃないし」

「あ、お、俺も」

勇は浪人経験者だった。二年生になった今年は二十一歳になる予定だ。

「あ、そうなんだ。よかった〜。みんな現役生だったら年上って浮いちゃうかな、って心配してたんだ」

「だ、大丈夫じゃないかな？　う、うちの大学、浪人生とか留年生とか多いし」

金田大学は「自由闊達《かったつ》」を学風にしているだけあって、学生たちの自主性を尊重していた。学ぶ意欲とお金さえあれば、何年かかって入ってもいいし、何年かけて卒業しても問題ないというところだった。事実、院生でもないのに今年九年生になってしまった先輩を勇は知っている。

「うん。でも安心した。少なくとも、友だちひとりはできそうだし」

そう言って彼女は手に持ったグラスを勇の方にちょんと突き出した。

「え、え？」

その仕草にどのような意味が込められているのか、勇は瞬時に理解できなかった。というより、話しかけられてからずっと、頭が正常に働いていない。彼女が小柄だからなのか、それとも、彼女のパーソナルスペースが極端にひとより狭いのか、随分と距離が近いのだ。それこそ、彼女の使っているであろうシャンプーの匂いがわかってしまうほど。

「乾杯。しよ」

彼女はなお近づいてグラスを勇の目の前に持ってくる。言葉にされてやっと行動の意味を理解した勇。「ご、ごめん」と謝りながら、ウーロン茶の入ったグラスをカシオレの入ったグラスにおずおずと近づけた。

「はじめまして」

「キン」とグラスのぶつかりあう音がして、お互いの持つ液体が軽い波をたてる。そのうねりを受け止めるように彼女はグラスに口をつけ、カシスオレンジを飲み込む。

「わたし、『さくら』って言います」

急に語尾を丁寧にしたのは、ちゃんと自己紹介をしたいという意思表示だろうか。ただ、初対面でいきなり下の名前を名乗るということに、パリピでもチャラ男でもない勇は若干の抵抗感をおぼえた。

「俺は、しゃ、いや、え〜と、い、勇って言います」

それでも相手に合わすのもひとつの礼儀だと、勇はファーストネームを名乗る。

「いさみ？　めずらしい名字だね。どんな字書くの？」

「え？　いや、勇は下の名前で、名字は社本。社会の本で、社本。勇は、勇み足の勇」

「社本？　それもめずらしいね。って、ごめん。またやっちゃった。わたし、咲良美久《さくらみく》。さくらって名字なの」

勇は思わず「ああ」と納得の声を漏らす。その音の響きから勝手に名前だと思い込んでしまっていたのだ。

「こっちこそごめん、早とちりして……」

「ううん。よく間違われるの。だから自己紹介のときは気をつけるようにしてたんだけど、うっかり」

彼女はあえて「てへ」と声に出し、自分のミスをおどけてごまかそうとした。

「で、字はね……」

そういうと、彼女はグラスをテーブルに置くと、突然勇の空いている方の手をとって「パーにして」と言うと、手のひらに指で名前を書き始めた。

「花が咲くの『咲』に、良い子の『良』。美久は……」

彼女の平均よりも小さくか細いであろう指が、自分の手のひらをするすると動いていくのは勇にとってこそばゆいものだったが、何より、突然のスキンシップに身もだえしたくなるほど、勇は動揺していた。

「あ、う、うん。わかった。いつまでも美しくって願いをこめて『美久』ってつけてもらったんだね」

勇は手のひらに書いてもらった漢字から、素直に感じた「意味」をそのまま答えたつもりだった。しかし、顔をあげると、彼女は目を丸くして、じっと勇の方を見つめていた。

「え？　ご、ごめん、違ってた？」

勝手な思い込みで失礼なことを言ってしまったのかと勇は慌てて美久に謝った。

「ううん！　逆！　大正解！　そうなの。ちゃんと意味があるの！　おとうさんとおかあさんが一所懸命考えてつけてくれた名前なの！」

興奮しているのか、彼女は、勇の手を両手できつく握り締めていた。

「でも、ほんとうれしい！　初対面でわたしの名前のこと、ちゃんと意味まで含めて覚えてくれたひとなんていなかった！　ねえ、勇って呼んでいい？　わたしは美久って呼んでほしいし」

勇の手に美久の体温が伝わる。お酒を飲んでいるせいか、熱くすら感じる。そしてその熱が、手を、腕を伝い、胸に届くのが勇にはわかった。

——あ、アツい。

手を握り締めたまま、まっすぐ見つめてくるその視線から勇は思わず目を逸《そ》らした。逸らした先には「どうしてうちの大学って学祭ないの？」と不満そうなイエスちゃんの顔があった。どうやら、とっくに行動研究会の「ヤバい噂」の話は終わってしまっていたようだ。

しかし、そんなことはいまの勇にはどうでもよくなっていた。胸に届いた美久の体温はそのまま腹部を伝い、下半身へと降りてしまっていたのだ。彼女いない歴イコール年齢の勇の中心部がテーブルの下でひそかにたちあがろうとしている。

——ヤバい、ヤバい、ヤバい。

行動研究会の噂より、いま目の前にあるこの危機の方が、勇にはヤバかった。するりと美久の両手から自分の手を引き抜くと、その手で自分の太ももをきつくつねった。この痛みで知らせたかったのだ、自分のあそこに、「まだ宴もたけなわ。席を立つときじゃない」と。

「勇は……」

そう美久が切り出してくるだけで、ぶるっと身体《からだ》が震えてしまう。九年生の先輩にも「勇」と呼ばれてはいるが、一度もぶるっときたことなどない。やはり、名前は呼んでくれるひとによっても特別な意味を持つものなのだ。

「勇は、お酒苦手なの？」

金田大学行動研究会の新歓コンパでは、飲み会の前に新入生に未成年かどうかの確認がされていた。だが、勇や美久のように年齢上飲酒が問題ない場合は、自己申告でアルコールかノンアルコールかを選べるようになっていた。だが、この「どちらか選べる」ということが勇にとっては問題ないどころか、頭を抱えるほどの大問題だった。

勇は極度の優柔不断なのだ。A定食かB定食か迷って食堂のおばちゃんに呆《あき》れられたり、地下鉄かJRかで迷ってバイトに遅刻しそうになったり、そのバイトだって、肝心なところでいつも二者択一をミスってクビになっていた。

「優」しくて「柔」らかくて「断らない」と書くと「優柔不断」な人間とは随分といいヤツに見えてしまうが、勇の場合は「情」けなくて「弱」くて「決められない」。「情弱不決」と書くのが正解だと自分でも思っていた。

「い、いや、お酒、飲めなくはないんだけど、どっちにするって訊かれて、なかなか決めきらなかったら先輩が待ちきれなくて……」

「で、勝手にウーロン茶にされちゃったの？　かわいそう。わたしの飲む？」

そう言って美久は、すっとカシスオレンジのグラスを勇のウーロン茶のグラスに寄り添うように置いた。

「い、いいよ。だ、大丈夫。お酒は飲めるけど、今日は飲まない方がいい気もしてきたし」

超がつくほどの優柔不断男の勇だが、お酒が入ると途端に即断即決男に変身する、らしい。らしいと言うのは、その変身している間の記憶が勇にはまったくないのだ。他人ばかりの新歓コンパならそれでも構わないと思っていたが、こうして美久と出会ってしまったからには、そういうわけにもいかない。ひとに言われてしぶしぶ参加したコンパだったが、すでに忘却するわけにはいかない大切な会になっていた。

「そう？　なら無理には勧めないけどね」

美久はさして残念そうでもない感じで、グラスを取り、くいと一口飲んだ。

「あ！」

しかし、そのグラスは彼女が持っていたカシスオレンジではなかった。勇のウーロン茶を飲んで、まるで仕事あがりにビールを飲んだサラリーマンのように「ぷは～」とわざとらしく吐息を漏らすと、美久はにこりと笑った。

「実は、わたしもそんなにお酒得意じゃないんだ」

勇のウーロン茶を飲んだことに触れることすらなく言い放つと、そのままの流れで続けた。

「でも、二次会、行こうよ。せっかくだし」

行動研究会の新歓コンパは「新入生会費無料」が謳《うた》い文句だった。ただし、それは一次会に限られる。二次会は上級生から階段式会計になり、新入生は安く飲めるとは言え、支払い義務が生じる。常に金欠で、日々生活のためのバイトに追われている勇にとって、二次会は最初から参加するつもりのないものだった。

——でも、彼女が行くなら。

心臓が「ドッドッドッ」と激しいビートを刻み、それが全身に伝わっていくのがわかる。「ブッブブッブッ」とまるで、バイブレーションのように身体が振動するほどのドキドキだ。

——いや、これは違うな。

鼓動が速くなっていたのは確かだが、実際に震えていたのは滅多に活用されることのない勇のスマホだった。

「ちょ、ちょっとごめん」

美久の誘いへの回答を保留したまま、とりあえずスマホを取り出して画面をみる。なぜなら勇にメッセージを送ってくる相手というのは限られているからだ。そして案の定、通知のポップアップ画面には【ルイーダさん】と相手の名前が出ている。

——んだよ、こんなときに。

「ルイーダさん」というのは、勇にバイトを斡旋《あっせん》してくれる大学生協職員である。本名「井田瑠衣《いだるい》」。名字と名前を逆にすると「るいいだ」と読むことから、皆に「ルイーダ」と呼ばれている。

ルイーダは勇の生活費捻出のキーパーソンでもあるが、現在勇が所属しているこの行動研究会のOGでもあり、その部室に勇が寝泊まりすることの許可を出してくれたひとでもある。一宿一飯の恩どころか、現在進行形で毎宿毎飯できているのはすべてこのひとのおかげと言っても過言ではない。そんな大恩人だからこそ、彼女からの連絡には即座に対応しなければいけないし、また、その命令にも絶対服従しなければならなかった。

勇は『FINE』アプリを起動し、ルイーダからのメッセージ全文を読む。

【新歓たのしんでる？　でも門限厳守だからね】

【だからね】のあとには般若《はんにゃ》のお面のようなスタンプが付けられていた。さきほどまで美久の言葉でぶるっていた身体が別の意味で震える。

「えと、あー、ごめん。二次会はやめとくよ」

「え〜、どうして〜？　行こうよ、勇〜」

勇の左そでを両手でぐいぐいひっぱりながら美久は二次会への同行を求めた。勇の心は揺れる。

——行くべきか、帰るべきか。

——咲良美久か、井田瑠衣か。

——小柄なかわいい子か、クールな年上美人か。

最後にはもはやどちらを彼女にするか的な妄想まで二者択一に入れて、勇は迷っていた。

——むむむむ、悩む。むむむむ。

「むが多い」と自分自身にツッコミを入れつつ、勇の眉間にはしわがよる。その顔を不思議そうに、かつ心配そうに見つめる美久。

「行かないの？　二次会」

美久が寂しそうにつぶやく。女性が自分に対してそんな表情をしているのを勇は見たことがない。普段接する女性といえばルイーダくらいだし、彼女が見せる表情といえば、たいていが勇への呆れ顔かバカにした顔だ。

「ブブブッ」

スマホが震え、画面に【仕事】の二文字。そう。勇が部室に寝泊まりしている理由は、それがルイーダから受注したバイトの仕事内容でもあるからなのだ。

——う————ん。ダメだ。

あまりの思案顔に、美久も何事かと心配顔だ。

ルイーダからは「勇」と「社本」の「社」をくっつけて「勇者《ゆうしゃ》くん」と創作過程に多分に無理のあるあだ名で呼ばれているが、いまだ魔王討伐という国民の願いどころか、目の前の女性の願いすら叶《かな》えてあげられないでいる。

「二者択一は苦手なんだよ」

思わず声に出てしまう勇。リア充な大学生活を送るには、まだまだ彼のレベルは低すぎるようだ。

既読にするのは、やめておけ

「ほら、ちゃんと帰ってきたでしょ」

勇が部室の戸を開けた瞬間、「ドヤ感」たっぷりの女性の声が耳に飛び込んできた。

しかし、その声の主の「ドヤ顔」は勇ではなく、別の人物に向けられている。

部室中央、川の字にならんだ長机の真ん中に、見知らぬ男性と見知った女性が座っている。

「新歓コンパ参加して、二次会も行かずに帰ってくるなんて、ウソでしょ」

「最近の子はそうなのよ」

「んー、時代かぁ。俺たちの頃じゃ考えられないわ」

「ま、特にこの勇者くんは、知り合いもいない二次会にひとりで行く勇気はないんだけどね」

勇を「勇者くん」と呼ぶこのひとこそ、この部室、金田大学行動研究会の第七十代幹事長で、現在は金田大学の生協職員として働く「ルイーダ」こと井田瑠衣だ。

「ルイーダさん、来てたんですか？」

勇は後ろ手で部室入口の引き戸を閉めると、リュックを床にどさりと投げ置いた。

「来てたんですか？　じゃないでしょ。わたしがこの『部室警備員』のバイトを斡旋したとき、何て言ったか覚えてる？」

「え？　あー、部室に寝泊まりする代わりに、このサークルに入会することってやつですか？」

「それは、大前提でしょ！　じゃなくて、このバイトをするうえでの掟《おきて》よ、ルールよ、約束事よ」

三回もほぼ同じ意味のワードを繰り返さなくてもいいのに、と勇は思いながら、面倒くさそうに若干棒読み気味に答えた。

「夜中九時以降は、何人《なんぴと》たりとも部室に入れてはならぬ。そのために、警備を担うものは、何があっても九時には部室に居るべきこと。で、合ってます？」

「おお、そのルールいまだに残ってるんだ。厳しいよなぁ」

勇の部室警備員の心得暗唱に対してリアクションをしたのは、ルイーダではなく、彼女と話していたもうひとりの人物の方であった。

「え～と、ルイーダさん、そちらの方は……？」

勇は話の流れ上、ここまで確認できていなかった見知らぬゲストのことをおずおずと訊《たず》ねてみた。

「その前に勇者くん、いま何時？」

「え？　八時五十……一分になったところですかね」

壁に掛けられたアナログ時計を見ながら勇はそう答えた。

「ほら、もうすぐ九時じゃん。あと、九分で、このどこのどいつかもわかんない輩《やから》を追い出して、部室の安全を守れるの？」

「いや、そんなこと言ったって、ちゃんと九時までに帰ってきたじゃないですか」

勇は、明らかに難癖をつけにきているルイーダに対し、弱腰ではありながら反論を述べた。

「そうですよ、姐《ねえ》やん。そんな五分前の五分前行動とか言ってたら、いまどき、ブラックサークル認定ですよ」

意外にも、名も知らぬゲストは勇に助け船を出してくれた。

「それになんですか、どこのどいつかもわからない輩って。あなたの後輩で、この子の先輩でしょうが、俺は」

――あ、うちのOBなのか。

ようやく正体不明のゲストの素性の一端が見えて、勇は少し安心した。

「ちょっと、勇者くん、何『行研のひとならいいか』って顔してんのよ。『何人たりとも』って言ったでしょ。こういう、ルールを守んない元会員から、部室を守るのもきみの仕事なの！」

ルイーダは自分も合鍵を使って「警備員」の勇が居ない間に部室に侵入しているくせに、そこのところは棚にあげて勇を叱った。

「じゃあ、おふたりともいますぐ出て行ってくださいよ！」

勇は二者択一の苦悩に頭をきりきりさせながら、悩みに悩んで咲良美久の誘いを断り、ルイーダの命に従って門限までに戻ってきたのだ。それなのに頭ごなしに叱られて、さすがに少々ムッとしていた。

「まあまあ、まあまあ。勇者くん、そんなにムキにならないで。姐やんも、あんまり後輩をからかうんじゃないよ」

サークルOBだという男性が勇を宥《なだ》め、ルイーダをたしなめる。

「はいはい」

そう言ってルイーダはグラスを手にすると、中に入った透明な液体をぐっと飲み干した。

「ふふふ、ごめんね、勇者くん。ちょっと、酒の肴《さかな》がほしくって」

——忘れてた。このひとは、こういうひとだった。

勇は、ルイーダがドSで、かつ、勇を玩具《おもちゃ》にして遊ぶ癖があることを思い出した。学生時代「行動分析学」を専攻していて、他人の行動を誘導・操作することを得意としているひとなのだ。

「さあ、勇者くんもこっち座って飲みなおそう」

ＯＢの男性が、一升瓶を片手に、勇を手招きしている。その瓶の中身がビールやワインではない、という程度にしかお酒の知識がない勇は、何を飲まされるのかびくびくしながらも、先輩の誘いに素直に従った。

「改めて、金田大学行動研究会ＯＢの青熊《あおくま》純一《じゅんいち》です。え～と、勇者くんの何個上になるかな。俺は姐やんの一個下だから……」

「わたしの歳《とし》がバレるような自己紹介はやめてくれる？」

自分の年齢から逆算して計算しようと指を折っていた青熊の手を、ルイーダがぴしゃりと叩《たた》いた。青熊は叩かれた手を痛そうにさすっているが、まるでクリームパンのようにふわふわに膨れた手は、多少の衝撃なら吸収してしまいそうだった。全体的にふくよかで丸っこい体型をした青熊は、肌は白く、勇に海外タイヤメーカーのキャラを思い出させた。

「ま、細かい歳とかいいか。勇者くんも、未成年じゃないんだろ？」

古いゴースト映画にも出てきそうな青熊は、そのむちむちの手で一升瓶を持ち上げ、勇用に出したグラスに、透明な液体をとくとくと勢いよく注いでいる。アルコールの匂いが鼻をつんと刺激する。それだけで、このお酒が弱くないことが勇にもわかった。

「俺の地元、長崎県は壱岐島《いきのしま》の麦焼酎だよ」

青熊はうれしそうにルイーダと自分のグラスにもお酒を注ぎなおし、「行研の過去と未来に」と乾杯の音頭をとった。三人でグラスを打ち鳴らしてから、勇はそれをおそるおそる口に含む。

――きつい……。

しかし、同時に麦の香りがふわっと鼻を抜ける感じもある。いつもビールばかり飲んでいる勇にとって、この感覚は嫌いじゃなかった。

「これ、飲めます！」

「あたりまえでしょ、飲み物なんだから」

勇の正直な感想に、すかさずルイーダがツッコミをいれてくる。

「もしかして焼酎飲んだことなかった？　じゃ、勇者くんの初めての焼酎は、俺のってことになるな」

「勇者くんのビール童貞卒業は、わたしとだったのよ」

「お、勇者くん、光栄だね。初ものが姐やんとは」

下ネタなのだろうが、青熊の口からでるとそんなに下品に感じない。ぷくぷくほっぺの童顔のせいだろうか。

「勇者くんは、レベルをあげるために、いろんな初体験をしてるとこなのよね」

ルイーダの誤解を招く発言に、勇は大学一年生だった昨年度を振り返る。確かにこれまでルイーダに斡旋されたバイトは、勇にとって「初もの」づくし。そういう意味では入学早々、いろんな「○○童貞」を卒業し続けたことになる。

大学病院で新薬のモルモットになったり。

新宿二丁目でオネエのカメラマンにパンイチ姿を撮られたり。

パン工場でのバイトではあまりの劣悪環境に人生初の失神を体験したし。

セレブ住宅街の松濤《しょうとう》ではゴミ収集や借金回収で痛い失敗を経験した。

マダムの「犬」として奉公するなんて入学前は思いもよらなかった。

――どれも、経験値積めるほど長続きしなかったけど。

勇はその優柔不断な性格が災いして、ルイーダから紹介されたバイトのほとんどを「クビ」というカタチでゲームオーバーになっていた。

「あっちのほうはいまだ童貞の勇者くんの初体験は、どこ産の誰さんになるのかしらね？」

「うわあ、姐やん、発言がゲスい」

ルイーダと青熊は、回想中の勇を置き去りに、下世話な会話で盛り上がっていた。

「とはいえ、焼酎だけだと、酒のまわりが早いわね。ジュンクマさー、なんかつまみはないの？　勇者くん以外の」

もはや完全につまみと同列で扱われている勇。

「もちろんありますよ。『いかうま煮』と『生うに』。この前実家から送ってもらったやつ」

そう言って青熊は、いかのイラストが描かれた袋と、オレンジ色の物体が詰まった小振りな瓶を取り出した。

「どっちからいきます？」

その「どっち」というワードに、ルイーダが鋭く反応した。口元がにやりといやらしく歪《ゆが》む。そんな悪そうな表情をしているのに、美人であることがなんら毀損《きそん》されないのが彼女のすごいところだと勇は思っていた。

「両方いただくのはさすがに気がひけるから、勇者くんにどっちか選んでもらいましょ」

青熊はルイーダのふいの提案にきょとんとしている。

「さあ、勇者くん。壱岐名物のいかとうに。どっちかしか食べられないわよ。どっちにする？」

「どっちにする？」の質問に、勇はたちまち顔をしかめる。その表情をみて、青熊がクリームパンハンドでぽんと膝を打つ。

「ああ、これか！　姐やんに聞いてたとおり、ほんとに二者択一苦手なんだ」

青熊は、眉間にしわの勇を、まるでめずらしい生き物でも見るかのように観察している。

「青熊さん、このふたつの説明を訊いてもいいですか？」

ルイーダは「え～、説明とかいる～？」と不満そうだが、青熊は「もちろん」と、快く勇の頼みを聞いてくれた。

「壱岐名産のいかをじっくり生姜《しょうが》で炊きあげた『いかうま煮』は、真いかのうまみたっぷり！　酒に合うぞ、これは」

青熊の丁寧かつ熱のこもった解説。瓶詰めの方の説明を聞いてもいないのに、勇の選択の針はぐいといかの方に傾いた。反射的にそちらに手が伸びそうになる。

「あれ、もう決めちゃうの？」

麦焼酎をちびちびやりながら、ルイーダがおもしろそうに勇の挙動を観察している。

「うう、そう言われると……。青熊さん、『生うに』の方もお願いします！」

「はい、はい。こいつは保存料も塩もミョウバンも一切使ってないんだ。海女《あま》さんが獲《と》ったうにをそのまま瓶詰めして瞬間冷凍。どこで食べても、口に入れれば故郷の海を感じられる味だよ」

青熊は目を瞑《つむ》り、しみじみと語る。

「しかも、なかなかの高級品だ」

青熊は勇の性格を知っているかのような追加情報をぶちこんできた。「もらえるものは何でももらう」というセコい性格の勇は、「高かろう良かろう」の理念で生きていた。

——高級品なら、間違いない！

勇は瓶詰めに手を伸ばす。

「ただ、『いかうま煮』も、今日食べないと、次食べる機会はいつになることやら」

青熊もルイーダ同様、勇の優柔不断でたのしもうとしている。

「ね、おもしろいでしょ？」

ルイーダが青熊に微笑《ほほえ》みかける。青熊も「心得た」といわんばかりの笑みで返す。

『いかうま煮』の追加アピールで、勇の中の戦況は再びふりだしに戻ってしまった。とはいえ、おめおめと先輩たちふたりの玩具になるのも癪《しやく》だ。なんとか決めてしまいたい。

勇は、グラスにまだなみなみと残っていた麦焼酎を、ぐーっと一気に飲み干した。

「あ、ずるい！　それ反則」

ルイーダは叫んだが、すでに度数きつめのアルコールは勇の体内に飲み込まれていった。

「え？　イッキすると勇者くん、何か変わんの？」

青熊は状況がわからずまたもやきょとんとしている。

「この子、普段はものすんごい優柔不断なんだけど、酔っ払ったときだけ、すっごい決断力あがるのよね」

「なにそれ、ほんとおもろい」

青熊は勇の変化に興味津々だ。

「じゃあ、瓶詰めで」

勇はびしっと『生うに』を指差し、宣言した。

「その心は？」

青熊は「わくわく」と音が聞こえてきそうな表情で勇を見つめている。

「うには高くて当たり前！　しかし、地元のひとが愛する特産品に、不当な利益をのせるはずはない！　だから、絶対お値段以上！」

「なんか最後、家具屋のスローガンみたいになってたけど、いいね！　気に入った。俺も地元のもん褒められてうれしいわ。ええよ、ええよ、両方食べえ」

青熊はわざとなのか、少し訛《なま》りを加えた喋《しゃべ》り方で、いかと瓶詰めうにの両方を勇に手渡した。

「もう！　これじゃ試練にならないじゃない」

ルイーダは少し不満そうだったが、両手に戦利品を抱えてにこにこする勇を見ると

「ま、いいか」とつぶやいて、麦焼酎のグラスを飲み干した。

勇はこめかみあたりに鈍い痛みを感じながら目を覚ました。天井の蛍光灯の光がまぶしい。どうやら電気も点《つ》けっぱなしで寝てしまったようだ。

「いてて」

「いててて」

むくりと起き上がると背中も痛い。普段は床に空気で膨らむマットを敷いて寝ているのだが、昨夜は酔っ払っていたので、長椅子で横になってしまったらしい。

ぐりぐりと首と肩を回しながら部室を見回す。昨夜ルイーダと青熊と飲んでいた長机の上はきれいに片付いていた。誰がやってくれたのだろうか。勇には記憶がまったく残っていない。さらに、昨夜の勇の記憶を持っていそうなひとはこの場には見当たらない。

そのとき、部室奥のシャワールームから水音が聞こえた。この行動研究会は、大学設立とほぼ時を同じくしてできた由緒ばかり正しいサークルらしく、その歴史に比例して部室の広さや設備も他サークルとは段違いに充実している。勇も入会した当初はトイレだけならまだしも、シャワールームもあることに驚愕《きょうがく》した。他にも何に使うのか、防音室や現像室や編集室などもある。この部室を使えるだけでも大学生にとってはかなりのメリットのはずだ。しかし、新入生からの人気はすこぶる低い。いや、「入会なんてありえない」宣言をされてしまうあたり、この部室のメリットなど軽く凌駕《りょうが》するほどのデメリットがあるのだろう。

――青熊さんに訊いてみるか。

勇はシャワーを浴びているのは青熊だと思っていた。時計の短針は「7」と「8」の間。この部室が現役会員に解放されるのは朝九時からと決まっている。となると、入っているのは昨夜いっしょに飲んでいたルイーダか青熊か、ということになるが、ルイーダがそんな不用意なことをするとは思えなかった。

「青熊さ～ん」

外から声をかけてみる。しかし、シャワーの音で聞こえないのか反応がない。

――出てくるのを待つか。

しかし、勇は床に落ちているものに気づいてしまった。

――エプロンだ。

大学生協職員が仕事中に身に着けているユニフォーム的な赤いエプロン。それが、シャワールーム前に落ちているということは。

――まさか、ルイーダさんなのか!?

だとしたらなおさらシャワールームからは距離をとり、中のひとが出てくるのを待つべきだ。椅子に座って、おとなしく。ただ、勇は中腰状態のまま動けなくなってしまっていた。

勇の頭の中でサービスショットが展開される。シャワールームは湯気で全体が白くぼやけている。その向こうにいるのは、ポニーテールをほどいたルイーダ、ではなく、小柄でショートカットの女性だった。

「え?」

勇は自身で描いたはずの妄想が予想外だったことに驚いた。

そのとき、長机の上に置いてあった勇のスマホが「ガガガ」と天板をやかましく打ち鳴らす。

【いま何してる?】

メッセージは、昨夜の新歓コンパで別れ際にIDを交換した咲良美久からだった。

【きみの入浴シーンを妄想してました】なんて返せるわけがない。勇は【いま起きたところ】と微妙にウソではない事実を打ち返そうとした。すると、手の中で再びスマホが震える。

――立て続けに?

そう思って通知画面を見ると、美久ではない。勇は送信元を見てぎょっとする。

――ルイーダさん!?

【エプロン忘れたから、今度持ってきて】

勇が「遺留品」から推理したシャワールームの「犯人」はまったくの見当違いだったということが証明された。がくりと肩を落とす勇。朝からすごくみじめな気分になってしまった。そのとき、シャワールームのドアが開き、パンツ一丁の青熊が現れた。

「部室のシャワー使ったの何年ぶりかな～。水圧と温度調節が微妙なのは変わってないんだな」

ごしごしとタオルで頭を拭きながら、青熊は勇に近づいてくる。心からがっかりしていたが、それを青熊に悟られるわけにはいかない。勇は気を取り直して、朝の挨拶をした。ついでに、昨夜の記憶がないことも謝っておくことにした。

「すみません。昨夜は飲みすぎちゃって」

「ん？　ああ、確かに飲んだな～。三人で一升瓶開けちゃったしな～」

青熊は視線を部室隅のごみコーナーに向ける。そこには昨夜飲んだ壱岐の麦焼酎が空き瓶となって寝転がっていた。その脇で生うにの瓶が添い寝をしている。

「わあ、うにも食べきっちゃったんですね。覚えているうちにちゃんと味わっとけばよかった」

勇は、いかの味もうにの味もほとんど覚えていないことを悔やんだ。

「ほんとに覚えてないいんだ？　姐やんの言うとおりだな」

「すみません」

せっかく地元のお酒と特産品をふるまってくれた青熊に、勇は心からの謝意を伝える。

「いいよ、いいよ。でも、記憶ないなら、勇者くんが聞きたかったうちのサークルの話も忘れちゃってる？」

「え、それって、うちにまつわるヤバい噂ってやつです？」

「そ。そのヤバいやつ」

勇は昨夜のうちに噂の真相に迫っていたのだ。なのにそれを覚えていないとは。

「一体全体なんでこんなに新入生に嫌われてるんですか、このサークルは？」

「昨夜と一言一句同じ質問だな。ほんとに覚えてない？」

「はい！　まったく」

「自信満々に言われてもね」

呆れ顔の青熊に、一応「すみません」と謝るも、勇は引き下がらない。なぜこんなにも「行研」が嫌われる理由が知りたいのか。入会から三ヵ月が経《た》つも、特に実害はなく、それどころか充実した部室設備の恩恵にあずかっている勇にとって、それは知る必要のないことのような気もする。しかし、頭ではそう思っていても、心のどこかが警鐘を鳴らしていた。この問題は「ま、いいか」で済ましてはだめだと。

「もう一度、お願いします」

勇は深々と頭を下げて、青熊に懇願した。

「おお、必死だな。わかったわかった。教えてあげるから、面をあげい」

完全に青熊はたのしんでいる。ルイーダといい、このサークルの人間はみなこんな感じなのだろうか。それが「ヤバい」理由だとしたら、我慢できないこともないのだが。

「実は、この行動研究会はな……」

ゆっくりと口を開く青熊に、勇は手のひらを向けて制止する。

「ちょ、ちょっと待ってください！」

「なんだよ。いまさら聞くのこわいってのはなしだぜ」

「いや、青熊さん。先に服着てください」

青熊は自分がパンツ一丁だったことを思い出し、慌てて昨夜のジャケパン姿に戻った。

マシュマロマンから、マシュマロビジネスマンに変身だ。

「さてと。昨日も言ったけど、ここがどんなサークルか話す前に、俺がどんな人間か話したほうが早いかな」

「へ？」

勇はどうしてそんな論法になるのか、理解ができなかった。普通に行研にまつわる学内の噂を教えてくれればいいのに。

「昨夜もそんな顔してたよ。ま、聞きなって」

青熊は、「俺ってやつは、強欲な人間でさ」と語りだした。勇はちらりとスマホに目をやる。美久からのコメントには【既読】が付いてしまった。早くしないと「無視された」と思われるかもしれない。彼女がそう思うより前に、この話は勇の聞きたい結論までたどり着くのだろうか。

勇の心配をよそに、青熊は見えない「ろくろ」を回すかのように、空中で両手をゆっくりと動かした。さながらその仕草は、勇を青熊の武勇伝に誘い込む、儀式的な動きのようだった。

青熊の父親は近所でも「島の宇宙人」と称されるほどの変人だったようだ。息子には幼い頃から箸や鉛筆より先にスパナやドライバーを持たせせた。

「おかげでいまだに箸の持ち方おかしいんだよ、俺」

右手を見つめておかしそうに笑う青熊に、勇はなんと答えてよいのかわからない。昨夜、彼が箸を持っていたところをよく覚えていないからだ。

青熊は父親に仕込まれて、小学校にあがる頃にはテレビの修理くらいはできるようになっていた。

「で、親父《おやじ》について修理工の真似事《まねごと》やってたんだよね」

青熊は父について家電の訪問修理をやるようになっていた。そのとき、わずか九歳。周りの大人も最初は驚いていたという。

「神童だ！　とか近所のおっさんたちには騒がれてたけど、生憎《あいにく》、勉強のほうはまったくやってなくてさ」

義務教育を終えると、青熊は地域でも有名な学力の低い工業高校に入学した。そこはいわゆる底辺校にありがちな不良のたまり場になっていた。

「俺は、全然そっち系じゃなくてさー、友だちつくんの大変だったよ」

クラスの九割が不良だったため、まずは不良のライフスタイルを理解することから始めたらしい。彼らがほしがるものは、まぶい彼女や速いバイク。青熊はそのどちらも簡単に提供することができた。

――バイクはなんとなくわかるけど。

勇は、「まぶい彼女」を青熊がどうして集めてこられるのか疑問だった。

「モテるんだよ、俺」

現在のマシュマロビジネスマンな姿からは想像もつかない。しかし、武勇伝とはそういうものだ。勇は大きな反論を挟まず、おとなしく話の続きを待った。

「学校の不良たちにも一目置かれるようになってね」

腕力ではなく、「ギブアンドギブ」の精神と「ひとたらし」の能力で、青熊はいつしかその高校の裏番長的な存在になっていった。

「俺があーしたいって言ったら、みんな乗ってくる、みたいな感じだったよ」

「カリスマってやつですね」

勇は青熊が一息つくのを見て、素直な感想を述べた。青熊は特にそのことを否定するでもなく、ゆっくりと瞬《まばた》きをすると続きを語りはじめた。

「でも、それがよくなかったんだよな」

青熊が高校二年の夏。修学旅行の行き先が発表された。場所は京都だったが、青熊少年はせっかくだから海外に行きたかった。それを軽い気持ちで周囲にこぼしたところ、翌日、大規模なストライキが起きてしまったのだ。

「NOハワイ！　NO旅行！」と頭の悪そうなフリップを掲げ、修学旅行にはすでに行ったはずの学年や、まだ関係のない一年生までが集まって職員室に詰めかけていた。

この事態に、かねてより青熊のカリスマ性を危険視していた校長が動いた。

「学校をやめてくれって土下座されたよ」

学校全体が青熊の一言で右往左往する。教育の場としてはとんでもない状況だ。校長がその元凶である青熊にやめてほしいと思うのも仕方ない話かもしれない。しかし、青熊自身の素行には責めるところがない。だから、「自主退学」を勧めた、いや、懇願したのだ。

「で、やめちゃったんですか？」

勇の質問に、青熊はこくりと頷《うなず》いた。ふくよかすぎて首がないから、その仕草はわかりにくいものだったが。

「晴れて、俺は高校中退生」

「ろくろ」を回していた手を、大きく広げ、自由の翼をはばたかせるように青熊は言った。

「でも、俺の中退人生はもう一幕あったんだな」

——まだ続くの？

勇はそう思ったが、確かにここまでだと、まだ行動研究会どころか、金田大学すら登場してきていない。黙って青熊の第二幕を勇は待った。

「俺の一言でみんなが動くってのがたのしくなってねー。大学って場所でも同じことできないかな、って思っちゃったのよ」

「思っちゃったのよ」くらいの軽いパッションで、青熊は大検を取得し、金田大学に合格した。

——勉強はしてないって言ったけど、めちゃくちゃ地頭いいんじゃないか、このひと。

一浪してやっと合格した勇は、目の前の高校中退男に畏敬の念を抱いていた。

「金田大学を選んで正解だった」

その理由を青熊はひとつずつ挙げていく。

「自由闊達」を掲げていて、たいていのことは許される。

ともかく学生が多い。しかも、いろんなタイプの人間がいる。

都心にあるし、歴史も古いから世間への影響力がでかい。

「いろいろやったよ」

「学生チャンネルの開局だろ」「古い学生連盟の解体だろ」「学生起業支援のファンド設立だろ」と、太く短い指を折りながらひとつひとつ挙げていく青熊。両の手では足りず、二巡目に入りそうなところで、「あ、そのへんで大丈夫です」と勇はストップをかけた。

「ほんとすごいですね」と賛美のフォローも忘れずに。

「でもさ、全部『学生』がつくんだよな」

青熊は「学生ありき」の企画に飽きはじめていた。次に手を出したのは、大学運営。在学生スタッフとして記念式典や寄付金集めイベントのプロデュースなどをしていたらしい。

「でも、もうその頃には大学だけじゃ俺には狭くてね」

——俺は、まだ入ったこともない校舎がいくつもありますけどね。

勇は、青熊の言っている意味と違うとわかりつつも、そうひねくれた感想を浮かべる。青熊の武勇伝のスケールが大きすぎて、自分が矮小《わいしょう》な人間に見えてきたのだ。

「で、つまんなくなってやめちゃった」

「プロデュース業とかをですか?」

「いや、大学を」

　青熊は飽きた玩具を捨てるくらいの感覚で大学をやめたのだ。そして勇は、その決断ができるということに素直に感動していた。自分のような人間はそんな択一に晒《さら》されることすらないだろうが、そこで迷わず「退学」を選べる勇気は勇にはないものだ。

「でも、つまらないってだけでよく大学やめられましたね」

「ま、他にも理由はあるんだけど、それは……」

　自信たっぷりに話していた青熊がここにきて初めて「ごにょごにょ」と歯切れ悪く口の中で言葉を咀嚼《そしやく》し、吐き出そうとしなかった。

「え？　なんですか？」

　よく聞こえなかった勇は聞き返したが、その「パードゥン」は青熊にスルーされてしまった。

「ま、そうして大学を中退した俺は、学歴不問の外資系ベンチャーに拾われて、いまこうして『ＦＩＮＥ』のＣＯＯをやってるってわけさ」

「ああ『ＦＩＮＥ』。知ってますよ。って、ええ!?　『ＦＩＮＥ』？」

　勇は青熊の口から出た「ＦＩＮＥ」が、現在ほとんどの若者が使っているといっても過言ではないコミュニケーションアプリのことだと一度で理解することができず、二度叫んでしまった。アプリ名イコール会社名でもある「ＦＩＮＥ」は、いまではサービスを拡大し、マンガ配信や音楽配信も行っている。中でも「ＦＩＮＥニュース」はテレビや新聞をあてにしない勇のような大学生にとって、重要な社会との接点となってしまっている。

——超絶有名企業の超偉いひとじゃないか。

勇があまりのことに呆然《ぼうぜん》としていると、スマホが再び「ガガガ」と机を鳴らす。

「じゃ、俺、そろそろ行くわ」

勇が美久のコメントを既読スルーしていたことを思い出し、スマホを手に取ると、青熊は「よっこらせ」と立ち上がった。

「え、ちょっと待ってくださいよ。肝心の『ヤバい噂』は？」

青熊が突然帰ろうとするので、勇はスマホの画面を確認するのを後回しに、慌てて本題を問うた。

「あれ、もう答え言ったつもりだけど」

勇にはどこにそれが隠れていたのかわからない。

「俺、中退者。んで、このサークルに入ってた」

「はい。それはわかりました」

それはここまで聞いた話だ。だが、だからなんだというのだ、と勇は思った。

「だからさ、俺みたいなやつがばんばんいんのよ、この行動研究会ってサークルは」

青熊はそう言うと、今度こそ、と立ち上がり、引き戸に手をかける。

「あんまりにも行研からは中退者が出るから、学内では『中退サークル』って呼ばれてんだってさ」

振り向きざまにそう言い残して、青熊は去っていった。

「は？　何それ？　中退サークル？　え？」

勇は青熊の言葉の意味が飲み込めず混乱してしまっていた。青熊が携わっているというＦＩＮＥ」のアプリを開くと、美久から【お昼ごはんいっしょに食べない？】のメッセージ。

いつもの勇なら「食べるべきか」「食べないべきか」と二択に頭を抱えるはずなのだが、「中退サークル」の衝撃が脳細胞を麻痺《まひ》させてしまったのか、優柔不断モードに入ることすらできない。

【既読】の二文字が彼女のコメントに付記されたのを認識しつつも、勇はスマホをスリープさせた。

「俺も、中退者になっちゃうの？」

美久との幸せなキャンパスライフを送る以前に、自分がキャンパスから追い出されてしまうかもしれない恐怖が、勇の脳内をじわじわと染め上げていった。

シェアするのは、やめておけ

「『ナスの味噌炒《みそいた》め』か『から揚げ』しかないの？」

「うん、そうみたい」

勇と美久が入った定食屋の壁には、油で薄汚れた短冊型のメニューがところ狭しと貼られている。【中華丼】【豚の生姜焼き】【スタミナ定食】など、食欲そそる魅力的な文字も目に入る。

「じゃ、あれとかあれは？」

美久は「その疑問はごもっとも」という顔をしながらも「でも『ナス』『から』の二択なんだって」と小声で答えた。カウンターの中にいる店主に気を遣っているようだ。

「いや、でも、こんなにたくさんメニュー貼ってあるのに？」

勇は美久の発言と自分の目で見ていることのギャップに苦しんでいた。

——朝からあんなに苦しんだのに、また苦しむのか。

サークルOBの青熊が去ったあと、部室でひとり勇は頭を抱えて悶絶《もんぜつ》していた。

「俺、まだ大学やめたくないよー」

行動研究会に入ると、大学を中退してしまうというとんでもない話を聞かされて、勇は完全にメダパニ状態に陥っていた。

「いやいやいや、ちょっと待て。青熊さんも『全員が』とは言ってなかった」

必ず中退するという話ではなかったことに、勇は一縷《いちる》の希望を見出《みいだ》す。

「そうだ、そうだよ。やめるひともいるってだけだ。それがたまたま多い年があったとかで、噂に尾ひれがついて『中退サークル』なんて呼ばれてるだけだって」

多くの都市伝説がそうであるように、勇は誇大誤認による事実の曲解であると思うことにした。少し落ち着いた勇だったが、あることを思い出して、再びメダパニる。

「そうだ、そうだよ！　忘れてた、咲良さんからのＦＩＮＥ！」

【お昼ごはんいっしょに食べない？】のメッセージを既読スルーしたままになっていることを思い出して、慌ててスマホを手にとる。

「あれ、でも、女の子とふたりでお昼？　それって、もはやデートじゃないの!?」

生まれて初めてのことに、勇の動揺が止まらない。これまで勇にも浮いた話がなかったわけではない。しかし、運が良いのか悪いのか、初めて告白されたとき、それはふたりの女の子から同時にだった。「どっちとつきあうの?」と詰め寄られ、どちらか決められないままに、ふたりとも別の彼氏ができていた。高校時代の哀《かな》しい思い出が勇の脳裏に蘇《よみがえ》る。

「そうだよ、ふたりきりで、とは限らないじゃないか」

彼女が友だちを連れてくるかもしれない。午前中同じ講義をとっていたメンバーで仲良くわいわいと。ありえる話だ。至極大学生らしい。

「でも、もしふたりきりだったら……」

その可能性もゼロではない。そうした場合、誘いを受けた時点で交際スタートになるのだろうか。それとも、これを機にデートを重ねて、告白までもっていかなければいけないのだろうか。

「だー、わからない。俺のレベルじゃ、これ以上はわからない」

混乱のあまり、頭を掻《か》き毟《むし》る勇。だが、ふと思い至り、「FINE」のアプリを起動する。美久へのレスのためではない。レスをするためのレクを受けるためだ。

「あのひとに訊いてみよう!」

もちろんルイーダではない。あんなドSにこんな相談をしたら、勇は酒の肴を超えて、格好の愉楽の餌食《えじき》になってしまう。

「ちょうどバイトの深夜シフトが終わった頃だろ」

【タダカンさん！　女子とふたりでランチ。行くべきですか、断るべきですか？】

タダカンとは、勇の知り合いで、今年九年生になった金田大学の先輩「多田寛《ただひろし》」のことだ。ルイーダから斡旋されたバイト先でいっしょになってから、何かにつけて勇に目をかけてくれる頼れる兄貴的存在だ。

しばらくトーク画面を見つめ待機する勇。三分後、【既読】の文字が付いたかと思ったら、すぐに「ぐっどもーにゃんぐ」と丸文字セリフ付きの猫のスタンプが表示される。直後にコメントも。

【行くべし！　行くべし！　行くべし！】

強くはっきりと二者択一の悩みを解決してくれるタダカンに、勇は心から感謝した。

「でも、このスタンプは意味わかんないす」

【行くべし！】三連発のあとに送られてきた黒い眼帯で出っ歯のキャラクターが、勇のスマホ画面で【ジョー】と叫んでいた。

タダカンに背中を押された勇が、美久と待ち合わせてから訪れた店は、金田大学生御《ご》用達《ようたし》の老舗《しにせ》定食屋だった。

本当にふたりきりでのランチだったことに改めて緊張しつつも、「一度行ってみたかったの」と道々はしゃぎながら話す美久を見て、ランチの誘いを受けてよかったと勇は思った。

——タダカンさん、ほんとありがとうございます！　俺、がんばります！

先輩のサポートを無駄にしないためにも、美久の前で優柔不断な姿を見せるわけにはいかない。勇は、「ナス」「から」の二択をなんとか回避できないか思案していた。

——まだたくさんの中から選ぶ方がラクなのに。

これ以上待たせてしまったら、美久も「まだ決められないの？」と心配顔を通り越して、呆れ顔になってしまうだろう。彼女にその気があるかどうかはわからないが、勇にとってこれはランチデートだ。定食屋でかっこうをつける必要もないが、かっこ悪いところも見せたくはない。

「あの、俺、スタミナ定食で」

隣で美久が「話きいてた？」という意味の「え？」を繰り出していたが、勇は気にしないことにした。彼女の言うことを信じないわけではないが、その手の噂や通説に振り回されていては、今後も大学生活で苦労するような気がしていたのだ。

——そうそう、中退サークルだってただの都市伝説だよ。

行研が「中退サークル」という情報も、メニュー豊富なくせに頼めるのは二品のみというこの店のルールも、すべて学生たちの思い込みが積み重なってできた「デマ」に近いものだと勇は思った。いや、思いたかった。

しかし、その思いも、店主の一言で一蹴《いっしゅう》されてしまった。

「ナスか、から揚げか、どっちかから選んで」

「え？」

「どっちもうまいよ」

中華鍋を振るいながら、店主は背中で満々たる自信を伝えてきた。

「ほら、言ったじゃない」

美久もなぜか誇らしげに勇の肩をつんと指で小突いた。

「いや、でも、じゃあ、このメニューは……」

「わたし、ナスで！」

美久は勇の諦めの悪いぼやきを聞かずに自分の注文をカウンター内に伝えていた。

「あいよ！」

威勢のよい返事が返ってくる。店主も決して偏屈だとか、サービス精神がないとか、そういう人物ではないのだ。学生たちに愛される人情派の料理人であることがその背中から伝わってくる。

――なら、他のメニューもつくってくれればいいじゃないか。

優柔不断の上に女々しくて後悔症候群の勇は、まだ心の中でぶつぶつと不平を漏らしていた。

しかし、こうなると勇は美久の前で二者択一をしなければいけない。途端に頭と胃が痛くなる。

「ナスか、からか」

口の中で呪文のように「ナス」「から」をもごもごと繰り返す勇。

「勇はから揚げにしなよ」

悩んでいる勇の様子を気にするでもなく、あっけらかんとした調子で美久はそう提案してきた。

「そしたらわたしのナスと分けっこできるじゃない？　両方食べようよ」

「両方」それは、二者択一弱者の勇にはなかった発想だった。そして、「分けっこ」という考えも、まともな友人がいなかった勇には思いついたとしても実現することが不可能なアイディアだった。

「う、うん。じゃあ、俺、から揚げで」

「はいよ、ナス一丁、から揚げ一丁ね！」

店主の手元で、味噌とごま油のいい香りが立ち上り、乱切りされたナスがうれしそうに飛び跳ねている。隣の鍋では油の泉から「ジュワ〜」っとから揚げが顔を出す。

「うまい！」

「おいしい！」

勇はから揚げを、美久はナスの味噌炒めを一口食べて、感動にも近い驚きを感じていた。

「こっちもおいしい！」

美久は、特に許可をとることもなく、勇の皿に箸を伸ばし、から揚げをつまんでかぶりついていた。

「ナスもおいしいよ」

勇の皿の空きスペースにナスの味噌炒めを載せてくれる美久。しかし、勇はすぐさまそのてかてかとした紫色の物体に箸を伸ばすことができなかった。

――これって、間接？

彼女の箸はすでに何度か彼女の唇に触れている。その箸で運ばれたナス。

――もはや、このナスはキス？

自分至上最低のライムだと自認しつつも、鼓動のラップはテンポをあげ続ける。

「食べないの？」

から揚げの残り半分を口に運びつつ、美久は横目で訊ねてくる。

「あ、いや、うん。いただきます」

意を決してキスに、いや、ナスに箸を伸ばす勇。目を瞑ってぱくりと一口。

「う、うまい！」

にしている。
「でしょ〜！」
目を開けると、美久はまるで自分がつくった料理を褒められたかのようにうれしそう
——こんな無邪気な子の横で、なんて俺は不純なんだ。
「やっぱり、ふたりだといろいろ食べれてお得だね」
満面の笑みでそう言う美久を、勇は素直に尊敬した。青熊の話を聞いたときも思った
が、欲望に忠実なのは悪いことではないのだ。少なくとも彼女のピュアなスマイルは、
勇にそう感じさせてくれた。
「勇、口元に味噌ついてるよ」
美久が勇の顔を指差して教えてくれた。慌ててカウンターに置いてあったティッシュ
ペーパーで口の周りを拭く。
「咲良さんだって、唇、脂でテカテカだよ」
新歓コンパのとき、下の名前で呼びあおうと決めてはいたものの、まだ勇はそれを実
現できずにいた。
「え、そんなに？」
飲み会での約束はさほど重要ではないと思うタイプなのか、ファーストネーム呼びの
ことについては特に言及せず、美久は自分の唇にそっと指を当て、脂がついているかど

うか確認していた。

その仕草をつい目で追ってしまって勇は後悔した。美久のぷるっとした唇をさらに意識してしまったのだ。それがから揚げの脂だとわかっているのに、艶やかに蛍光灯の明かりを照り返す唇に、勇は改めて目の前にいるのが「異性」であることを痛感した。

「ん、どしたの？　顔赤いよ」

ティッシュで唇を拭いながら美久は心配そうに訊ねた。

「いや、なんでもないよ。はは。もうごはん食べたあととか暑いよね」

まだジャケットを脱ぐには早い季節。勇は少々苦しい言い訳でその場を逃れようとした。

「そだね」

美久は特にそれ以上の追及はせず、残りのナスを食べはじめた。勇もから揚げを口に運んだ。そのあと、お店を出るまでふたりは会話を交わすことはなかった。勇は気まずさを感じていたが、それが不思議と期待感にもつながっていることに気づいた。

――もしかして、咲良さんも意識しちゃってたり？

横顔をそっと盗み見るも、そこから何かを感じ取れるほど、勇は恋愛経験が豊富な男ではなかった。

「じゃ、わたし、午後の講義に出るから」

「あ、俺もバイトあるや」

「じゃあね、勇」

「うん、じゃあ」

まだ話していたい。もっとふたりでいたい。勇の心はそう叫んでいたが、それを言葉にする勇気はなく、ぎゅっと拳をにぎって、踵《きびす》を返した。

「やっぱり呼んでくれないの？」

「え？」

背中に掛けられた声に思わず「Ｒｅ」ターンしてしまう勇。

「名前で呼びあおうって言ったのに……」

美久は頰を膨らまして、「不満です」というのをわかりやすく表情にして勇に伝えてきていた。

「え、でも、なんか、えっと……いいの？」

自分なんかに下の名前で呼ばれていいやではないだろうか、という気持ちが勇にはあった。そして、何より、同年代の女性をファーストネームで呼ぶという行為に、大きな照れがあったのだ。

「いいに決まってるじゃん。わたしの名前の意味をすぐにわかってくれた勇だから呼んでほしいのに！」

ふくれっつらのまま一歩美久がこちらに近づいてくる。小柄な彼女は距離を詰めると自然相手を見上げるカタチになる。

「恥ずかしいの？」

上目遣いで勇の本心を見抜いてくる美久。観念した勇は素直に頷いた。

――童貞ってバレたかな。

女性慣れしていない自分を卑下しつつ、勇は頭を垂れたままだ。

「じゃあ、最初は『ちゃん』付けでもいいよ」

ぱっと笑顔になって、美久は勇に救いの妥協案を提示してきた。それなら、と勇も顔をあげた。

「ほら、呼んでごらん」

美久に促されて、勇は目の前の彼女の下の名前を発しようとした。

「え、えっと、み、みく、ちゃ、ちゃ、んっと、み、美久さん」

「いや、ちゃんもダメなんかい！」

そう言って美久は手の甲で勇の胸元をパンと叩いた。

「ははは。いいよ『美久さん』で。でも、次会うときまでに、『美久ちゃん』練習しといてよ。で、いつかは呼び捨てね」

彼女がわざと冗談ぽくしてくれたことを悟り、やっと表情が緩む勇。

くわくさせてくれた。

「わかった」

「よし！　じゃあ、またね」

「うん、また」

次がある。別れ際の「また」の二文字が、落ち込んでいた勇を、どうしようもなくわくわくさせてくれた。


美久と別れ、ルイーダ紹介のバイトを終え、勇の住処《すみか》でもある部室に戻ってきたのは、夜九時を少し過ぎていた。ルイーダにきつく言われた門限は破ってしまっていたが、そもそも彼女が斡旋したバイトが長引いてこの時間になったのだ。この場合、自分に非はないはず、と勇は考えていた。

「おかえり」

部室の入口の前にひとが立っていて勇はぎょっとした。

――まさか、二日連続!?

昨年度、部室警備員を引き受けてから、九時以降にひとが来ることなどなかった。それが今年度になった途端、立て続けに招いてもいない客が来訪してくるとは。

「あの、どちらさまでしょうか？」

「え？　ぼく？　ここの元会員」

「やっぱり」

勇はとりあえずまったくの不審者でなかったことに胸をなでおろし、鍵をあけ、ＯＢを部室に通した。

昨日の青熊とはまた違った形でふくよかな体型のそのＯＢは、形容するなら「あんこ型」と言うのがしっくりくるフォルムをしていた。下にしかフレームがついていない独特なデザインのメガネがそこはかとなく「非」まっとう感を醸成していた。

「きみ、社本勇くんでしょ？」

「どうして、俺の名前を？」

「ん？　今度の部室警備員はこのひとですって証明写真の画像といっしょにルイーダさんから送られてきたよ」

——あのひとはなんてことしてくれてんだ。

「はは、やっぱり本人の承諾なしにばら撒《ま》かれたんだね。ルイーダさんっぽい」

そこには勇も激しく同意する。彼女は存在自体がブラックボックスみたいなものだ。情報開示を期待するほうが間違っている。

「でも、ぼくらも新しい部室警備員がどんな子か知っておかないと、ここに来づらいしね」

「どういうことですか？」

OBなら朝九時から夜九時までの部室が普通に空いている時間に来ればいいことだ。わざわざ鍵が閉まっているときに訪れなくてもいいではないか。

「あれ、それも聞いてない？　ほんとルイーダさんは昔から説明不足なところがあるんだから」

「工藤健《くどうけん》」と名乗るそのOBが、勇が三ヵ月以上も知らずに従事していたこの仕事の本来の意味を、ルイーダに代わって教えてくれた。

「部室が朝九時から夜九時までしか使えないってルールがあるでしょ。あれって現役生限定なのね。ぼくらサークルOBは逆に夜九時から朝九時までの時間しかこの部室に来ちゃだめって決められてるんだ」

「厳密に言うと、OBやOGも部外者だからですか？」

「ま、それもあるけど、過去にちょっと現役生も巻き込んだトラブルが起きたからなんだよね」

「トラブル？」

「ま、人間関係のこじれというか、なんというか」

工藤は肝心の揉《も》め事《ごと》の内容は具体的に教えてくれなかった。だが、発足当初、人間の行動を分析・研究することを活動内容としていたサークルが、会員の行動を読み切れずトラブルに発展してしまったことを重くとらえたということらしい。

当時の幹事長、いまでいう「サー長」は学校からもOBたちからも随分と監督不行き届きを非難されたそうだ。そこで改善策として、部室利用に対していくつか厳格なルールをつくったという。

「そのときの幹事長がルイーダさんだったんだよ」

なるほど。だからこそ部室警備員の任命権が現役サー長でもないルイーダにあったのだ、と勇は合点がいった。

「でも、それだったらなんでルイーダさんは『警備員』なんて大げさな名前をつけて、『何人もいれてはならぬ』なんて厳しいルールを？」

工藤の説明がすべて事実であれば、夜九時以降ならOBは迎え入れてもよいはずだ。警備員というか部室の鍵の管理者として、先輩たちの出入りをちゃんと管理しておけばよいだけの話ではないだろうか。

「さあ？　でも、事件当時渦中にいた現役生もいまじゃOBだしね。元会員だからって誰でも入室を許してたら、今度はOB同士で何か問題が起こるかもとか思ったんじゃないかな」

工藤の推理はふわっとはしていたが筋は通っている気がした。勇はいつか機会があったらルイーダに訊いてみようと心に決め、これ以上の詮索はしないことにした。おなかが空《す》いてそれどころではなかったのだ。

「ぐ〜」と盛大に勇のおなかが鳴った。バイトからの帰り道、焼き鳥屋からいい匂いがしたのだが、財布はお尻の毛まで毟《むし》られた状態。ねぎま一本テイクアウトするのも難しかったため、そのまま部室まで戻ってきてしまっていた。

「これ、食べる？」

「ひっ」

勇は工藤が持ち上げた物体を見て、小さな悲鳴をあげてしまった。その厚みのある褐色の物体には大きな耳がついており、下方に突き出た大きな鼻は、そいつが何者であるかを明確に主張していた。

「ぶ、ぶた、の顔!?」

「そう。チラガー。ちょっと沖縄まで行ってきたの」

「旅行ですか？」

「うん。日帰りだけどね」

「ええ!?」

勇は声をあげずにはいられなかった。沖縄に日帰りでいけるものだと思っていなかったからだ。

「ちょっと、ソーキそば食べたくなっちゃって」

「夜中にアイスが食べたくなってコンビニへ」くらいのノリで工藤は沖縄へフライトし

てきたようだ。

「他にもテビチやミミガーも買ってきたから、一杯やろうよ」

工藤は大きなショルダーバッグから「豚の足」や「豚の耳」を取り出した。勇のこれまでの食人生には登場してこなかったやつらだ。

「じゃ、ここで勇くんに問おう」

豚の顔と足と耳を長机に並べたあと、工藤は鞄《かばん》から瓶と缶を取り出して、勇の前に置いた。

「こっちは、泡盛の古酒《クース》で、缶はご存じオリオンビール。さあ、どっちを飲みたい？」

勇はその流れに既視感があった。勇が優柔不断男だと誰かがふき込んでいる可能性がある。いや、誰か、でも、可能性というレベルでもなかった。ルイーダがおもしろがってこのひとを部室に召喚したのは確実だ。

「ルイーダさんに言われたんですね？　こいつからかうとおもしろいぞって」

一瞬ギクリとした顔を工藤はしたが、すぐに目で笑みをつくって、勇を見つめてきた。

「そのとおり。でも、からかってこいとは言われてないよ。かわいい後輩だからって、無条件に与えるなって釘《くぎ》さされたんだよ。本人の意思を尊重しなさいってね」

二者択一の問いは、いいように解釈すればそうかもしれないが、勇にとっては苦痛でしかない悩みを、こう毎晩持ってこられてはたまらない。それでも、弱点克服を目指している勇は、逃げるわけにはいかないのだが。

「わかりました、そういうことなら選ばせてもらいます。でも、その前に。泡盛は聞いたことあるんですけど、古酒って何か特別なんですか？」

「いい質問ですね～」

工藤は、うれしそうに微笑む。

「泡盛は米からつくる沖縄独自の蒸留酒。年月をかけて熟成すればするほど美味《おい》しく育つお酒でね。甕《かめ》の中で寝かしていくと香りも甘くなって、舌触りもぐんとまろやかになるんだよ。これがまた沖縄の料理にあうんだな。喉を沖縄の空気が通り抜けるような、そんな気さえするお酒だよ」

まるでいま口中にその古酒を含んでいるかのように恍惚《こうこつ》とした表情を浮かべながら工藤は解説してくれた。

「なんか、工藤さんに言われるとそのお酒をすごく飲みたくなりますね」

「ありがと。一応、日本酒やワインのソムリエの資格も持っててね」

どうやら工藤は「食」に一家言あるひとのようだ。そういうひとが勧めるお酒は美味しいに違いない。

「じゃ、泡盛で」

「あれ、こっちの説明はいいのかい？」

工藤は缶に手を伸ばすと、自己紹介もできずオーディション落ちしてしまったわが子を慰めるように「いい子いい子」と缶を撫《な》でた。

「え、でも、それただのメーカービールでしょ？」

オリオンビールというものを勇は飲んだことはないが、彼は缶ビールにそんなに差があるとは思っていなかった。

「確かにそうだけど、こいつは沖縄と奄美《あまみ》でしか売られていない数量限定の品なんだ。全国にファンがいるオリオンが、敢《あ》えて地元でしか流通させないのにはそれなりの理由と覚悟があるとぼくは思うんだよね。もしかしたら、この子を東京で飲むのはぼくらが初めてかもしれないよ」

工藤はオリオンビールの缶にほおずりしながら恨めしそうに勇を見つめた。

「え～、そう言われると、そっちも飲みたいな～」

まんまと二者択一の罠《わな》にはまってしまっている。勇は腕組みをして本格的に悩み始めた。

「う～ん。泡盛もオリオンビールも初めてだし……。でも、古酒も限定も惹かれるし……」

工藤はにこにこしながら勇の視線が泡盛に向いたり、オリオンに揺れたりしているのをたのしそうに見ていた。しかし、その笑顔がじきに曇っていくことになる。

「ね、ねえ、ほんとにいつまで悩むの？」

時計は夜の十時半を指し示していた。勇が悩みはじめて小一時間経ったことになる。

「もういいよ！　両方飲もう！　いや、両方飲んでください！」

工藤が痺《しび》れを切らして悲痛な叫び声をあげる。

「え、いいんですか？」

勇はそんなに長い時間悩んでいたつもりはない。二者択一の世界に入ってしまうとそれ以外のことが見えなくなってしまうのだ。

工藤は選択用に置いておいた缶とは別の一缶を冷蔵庫から取り出すと「プシュ」と小気味いい音をたててグラスに注いでくれた。

「うわぁ、きれいな泡」

七対三の割合で注がれた黄金の液体は、見るだけで喉が鳴ってしまう。

「まるでお店みたいですね」

「うん。ぼくお店やってるの」

注ぎ終わった缶を静かに机に置くと、さらりと工藤は言い放った。

「お店って、飲食店ってことですか？」

「そう。恵比寿《えびす》でね。雑居ビルに入ってんだけど、口コミで評判が広まって、いまじゃ芸能人がお忍びで来たりもするんだよ」

単なる自慢話にならないように「ゴシップ目当ての週刊誌記者とかもね」と、工藤は話にオチをつけた。

閑話休題、「では」とふたりは乾杯して沖縄限定オリオンビールを喉に流し込む。南国の風が部室を吹き抜けた気がした。爽快感がバイトの疲れをいっぺんに吹き飛ばしてくれる。

「は～、やっぱり、おいしいねえ」

工藤が心から悦《よろこ》びの声を漏らすのを待って、勇は質問を続けた。

「恵比寿のお店って何系なんですか？」

東京に出てきて一年以上経つが、勇はまだ外食をほとんどしていない。二者択一ほどではないが、メニューから「これ」というものを選ぶのが苦手だからだ。

「特に決めてないんだ。お客さんが食べたいものを出すスタイルでね。仕入れや仕込みは大変だけど、『これ食べたいんだけど』って言われて、それを出してあげたときのお客さんの満足そうな顔は最高だからね」

――理想のお店だ。

選択しなくていい。自分の思い描いた料理を出してくれるお店。それこそ、優柔不断な勇が待ち望んでいたものと言える。

「今度ぜひお邪魔させてください」

社交辞令ではなく、勇は心からそう言った。そして、そこで美久とディナーデートをしている自分を思い浮かべる。

——そこなら、かっこ悪いとこ見せずにごはんを楽しめそうだ。

次のデートプランを夢想しながら、今度は勇が工藤のグラスにオリオンビールを注ぐ。工藤のときと違って、全体が泡だらけになってしまう。お酌をするというただそれだけの行為に、こんなにもクオリティの差が出てしまうのが勇は驚きで、また情けなかった。

「すいません、泡だらけに……」

工藤は手をひらひらとさせて、笑っている。

「ははは。気にしなさんな。そんなのうまくなったって人生何の役にも立たないよ。それよりも、このサークルに入ったなら、いかに大学をやめずにいられるか、そっちをがんばらないと」

ビールの失敗を慰めてもらってほっとしつつも、工藤のどきりとする発言に勇は聞き返さずにはいられなかった。

「あの、やっぱり、ここって中退サークルなんですか？」

「ああ、ぼくたちの頃はそう言ってたね。いまは『やめサー』なんて呼ばれたりしてるらしいけど。うん、うちは大学やめるひと多いのは確かだよ」

青熊に続き、工藤からも同じ情報を聞いてしまい、勇は愕然《がくぜん》とした。

――都市伝説ではすまない感じになってきたな。

ルイーダは一言もそんなことは教えてくれなかった。しかし、説明不十分がデフォルトな彼女のことだ。十分な事前情報を得ようとすること自体、期待しても無駄だったかもしれない。

「で、でも、うちの大学みたいに単位にも留年にもゆるい学校で、なんで中退しちゃうんですか？」

「いい質問ですね～」

本日二度目の「いい質問ですね～」をいただいた。しかし、勇はちっともうれしくない。

「金田大学はさ、学費さえ尽きなければ半永久的にいられるんだけど、ま、実際はみんないつか卒業するよね」

――八年以上居続けてるあのひとはいつ卒業するんだろ。

勇はタダカンの顔を思い浮かべた。三十過ぎてスポーツ刈りの彼もいつかは卒業するのだろうか。

「ただ、このサークルには変わったやつが多くてね。自由すぎると言われていたこの大学でも、そういう人間には窮屈に感じるんだよ、きっと」

「この大学じゃ満足できないってことですか？」

「まあ、いい風に言えばそうかな。単に合わなかったってことかもしれないけど」

気づけば工藤は、オリオンビールから泡盛に切り替えている。昨夜の麦焼酎に比べると液面がとろりと粘度があるように見えるのは勇の気のせいだろうか。

「うちのサークルにはそういう意味で大学と合わないやつがよく入るんだよ。もちろんまともに卒業するのも少数ながらいるけどね」

ここまで工藤が話してきて、勇は大事なことを訊いていないことに気がついた。

「ちなみに、工藤さんは……？」

「あ、ぼく？　どっちだと思う？」

「いや、それはもう勘弁してください」

これ以上話を長引かせるつもりもなかったのだろう。工藤も本気で択一問題を出したいわけではなさそうだ。

「ぼくも大学は卒業してないよ」

工藤も青熊と同じ中退者だった。

「どうしてですか？」

込み入ったことを訊くようで気が引けたが、ここまできて訊ねないのも不自然だと思い、勇は切り出した。

「ぼくはさっき言ったような『大学なんて狭すぎる』って言えるほど意識も高くなくてね。むしろ無意識の欲求が強すぎたというか」

「というと？」

「すごい食いしん坊なの、ぼく」

工藤が持ってきたはずの豚の顔も耳も足も、もはやほとんど残っていなかった。勇は一口も食べていない。テビチの脂でテラテラになった唇から、出てきた「食いしん坊」という単語は、疑いようもない説得力を持っていた。

「実家は横浜の方で中華料理屋をやってたんだけど、ぼくがあとを継がないって言ったらほとんど勘当同然で追い出されてね。仕送りもないから飲食のバイトをしながら通ってたんだけど、いつしか、食費が学費を上回っちゃってて」

口の周りを拭きながら、「うふふ」と照れ笑いする姿に反省や後悔の色はない。

「講義に出るより、食べ歩きしてるほうがたのしくて。気が付いたらバイトの食べ物屋と自分が食べてみたいお店の往復になってたんだ」

どうやら、生活動線から「大学」がはずれてしまったらしい。

「もうその頃になると、自分が金大生ってことも忘れるようになっててね」

ある意味すごい。勇など、いま何者でもない自分を支えている唯一のアイデンティティは「金田大学生」であることしかないのだが。

「で、やめちゃったんですか？」

「ん、ま、実際やめるときには、ちょっとごたごたしたんだけどね」

工藤は、そうつぶやいたときだけ、勇から視線をはずした。下のみに赤いフレームがついているメガネを、曇ったわけでもなかろうに、ごしごしとティッシュで拭いている。

「ま、いまはこうしてお店も持てたし、後悔はしてないけどね」

「大学をやめても後悔しないってかっこいいですね」

勇自身は大学をやめるつもりも、途中でやめて何かできる自信もなかったので、いま一国一城の主として生計を立てている工藤を素直にリスペクトした。しかし、工藤は「え？」と意外な反応をみせた。

「え？　って、後悔してないんですよね、大学やめたこと」

「あ、ああ。大学やめたことね。うん、もちろん、そっちは後悔なんてしてないよ」

「そっちは？」

他に後悔するようなことがあるのだろうか。少なくともここまで聞かされた話の中にはなかった気がする。

「あ、もうこんな時間？」

工藤は、変な空気になったのを察したのか、わざとらしく時計に目をやり「終電だ」と帰り支度をはじめた。

「古酒はまだ残ってるから置いてくね。好きに飲んでよ」

「あざっす」

もらえるものは何でももらう主義の勇は、それがどんなに高価なお酒であるか、たとえ知っていたとしても遠慮などしない。

「あと、ひとつだけいい？」

「なんですか？」

「女の子に、胃袋つかまれちゃだめだよ」

「はい？」

女性が男性を口説くときに「胃袋をつかめば勝ち」とはよく聞く話だ。その常套《じょうとう》テクに敢えて乗るな、ということだろうか。

工藤はすっかり軽くなったショルダーバッグを襷《たすき》がけにし、部室を出て行った。彼が持ってきてくれた沖縄のお土産はほとんど残っていない。

「うまそうに食べるとこだけ見せて、結局食えないって。余計、腹減ったっつーの」

ぐるる、と勇のおなかが軋《きし》む。

――いまだったら、どんな女の子にだって胃袋わしづかみにされちゃうよ。

工藤の教えを守れる自信はいまの勇には一ミリもない。

冷蔵庫に何か食べ物が残っていないか確認しているとき、「わしづかみにされるなら」

と美久の顔が思い浮かぶ。それは、お昼においしいナスの味噌炒めを分けてもらった相手だからというだけではないのは、勇にもわかっていた。

本気になるのは、やめておけ

「で、もうヤったの？」

キャンプなどで使うシングルコンロで、小鍋にお湯を沸かしながらタダカンが勇に訊いてきた。

「なっ!?　ヤっ？　ヤるって何をですか!?」

勇はその「何」が「ナニ」であることはわかっていたが、恥ずかしくて素直に受け答えすることができなかった。

「いや、この前のランチデートの子とはよ、うまくいったのかって？」

タダカンは沸騰したお湯に袋から取り出した即席麺を投入している。直後に入れた粉スープが溶け、湯気が食欲をそそる匂いを纏《まと》う。ごくりと喉を鳴らしながら、その音がエッチな想像をしているからとタダカンに誤解されぬよう、勇は努めて冷静な声で返した。

った。

「『ナス』『から』はうまかったですよ」

タダカンの質問の答えになってないことは重々承知だったが、勇にはそれが精一杯だった。

「なんだ、デートなのに『味珍《みちん》』なんか行ったのかよ。色気ねーなー」

そう言いながら、タダカン自身はズズズと色気の欠片《かけら》もない音を立てながら鍋から直接麺をすすっている。さすが大学九年生のタダカン。「ナスから」のワンワードだけで勇たちがどこで食べてきたかわかったらしい。

「じゃ、フられたろ?」

意地悪そうに笑うタダカンに、勇は少し不安になった。「味珍」に行こうと言ったのは美久の方ではあったが、確かにそんな食い気しかないような店に誘われて「デート」だと思っていた勇の方がおめでたい。フられる以前の問題だ。

「そんなんじゃないですから」

自分でそう口にすること自体がつらい。美久は単なる男友だちのひとりとしか思っていないだろうに、ひとりはしゃいでしまった自分が恥ずかしい。

「おいおい、なんだよ、冗談だよ。マジにとんなって」

勇のあまりの落ち込みように、タダカンは慌ててフォローの言葉をかけてきた。「ラーメン食うか?」と、使っていた割り箸を勇に渡してくる。

「あざっす」

勇は遠慮という言葉を知らない。もらえるものは何でももらう。それがたとえ食べかけの具なしインスタントラーメンだったとしても。

「あ〜、あったまる〜」

春とはいえまだ夜は寒い。しかも、屋根も壁もない吹き曝《さら》しの屋外だ。冷え切ったカラダに、そして、勘違いに気づかされて冷めた心に、あたたかいラーメンはよく効いた。

「そか、ならよかった」

笑顔を取り戻した勇を見て、タダカンもほっとしていた。ボストンバッグから魔法瓶を取り出した。黒色の液体が白い湯気をたてながらコップに注がれていく。

「ほら」

突き出されたコップを勇はありがたく受け取る。あったかいラーメンのあとに、熱いコーヒー。ラーメン店でなら違和感しかない組み合わせだが、ここでなら最高のセットだ。そう、オレンジストア前の冷たい地面の上なら。

「あと、開店まで何時間でしたっけ？」

勇はスマホで現在時間を調べながらタダカンに訊ねた。

「あー、九時間くらいかな」

「まだまだっすね」

勇たちは夕方からずっと銀座一等地の歩道に座り込んでいた。新しく発売されるスマートフォンを買うために、だ。

「つか、タダカンさん、まだガラケーなんですか」

タダカンが時計代わりに使っている二つ折りのケータイを見て勇は言った。

「あ、勇、いまおまえバカにしたろ。いーんだよ、ケータイなんて通話とメールさえできれば」

流行に左右されないタイプのタダカンは、もちろん新しいガジェットにも興味を示さない。なのに、深夜、こんなところに並んでいるのには理由がある。

「でも、知らなかったです。『並び屋』ってバイトがあるなんて」

勇とタダカンはルイーダ紹介の「並び代行」というバイトで、普段近寄ることすらない銀座に来ていたのだ。

「オレもこのバイトは初めてだな」

その割にはコンロや魔法瓶など、完璧なアウトドア装備で挑んでいるあたり、タダカンはバイトに対する気合いの入れ方が違う。

「タダカンさんは、いつでも本気度がすごいですね」

「あ？　そりゃそうだろ。ひと様からお金をいただこうってんだから、半端な気持ちでできねーよ。毎回本気《マジ》百パーだかんな」

「本気」と書いて「マジ」と読む。元ヤンのタダカンが言うと、その二文字に込められた気合いは生半可なものではないように感じる。

——それに比べて……。

勇は自らを省みる。大学入学を機に優柔不断な自分を変えたいと決意をしたのはいいものの、一年経っても何も変わっているように思えない。気合いだけでどうこうなるものではないが、勇には気合いすら足りていないのかもしれない。

——あ、眠い。

反省しているそばから眠気が襲ってきた。ラーメンとコーヒーで暖められたカラダは、脳から発せられる睡眠の指令に抗《あらが》うことができない。勇は膝を抱え、うとうととし始めた。

「お？　勇、寝んのか？　これかけとけよ、冷えるぞ」

タダカンは自分が着ていたジャージを脱いで、勇の肩にかけてくれた。

——理想の彼氏かよ。

男前なタダカンのやさしさに包まれながら、勇は眠りに落ちていった。美久にさりげなくこんなことができたら友だち以上に見てくれるだろうか。そんな淡い期待を胸に抱きながら。

——眠すぎる。

列に並びながらもしっかり寝ていたくせに、勇のあくびはとまることがなかった。無事新作スマホを購入したあとタダカンにそれを預け、勇は大学で講義に出ていた。出席重視の教授のものだったからだ。

居眠りしやすいように教室の後ろの方に座る。予《あらかじ》め出席カードに聴いてもいない講義の感想を書いて、勇は眠りの体勢をとった。途端、「ブブブ」とポケットの中でスマホが震える。

——ルイーダさんかな。

勇はバイト完了の報告を紹介者であるルイーダにまだしていなかったことを思い出す。だが、画面にポップアップで出ていたのは【美久】の名前だった。

勇の眠気が一気に吹き飛ぶ。画面ロックを解除すると、美久からのＦＩＮＥメッセージが表示される。

【午後の講義ってねむくなるよね～】

用事でもなんでもない、たわいもない一言。だが、それが勇には「どうでもいいことを共有できる相手」に認定された気がしてうれしかった。また、たまたま勇も講義に出ていて、いままさに眠ろうとしていたことで、美久との「シンクロニシティ」を感じて、心をときめかせた。

【うん、眠い。つか、寝ようとしてた。笑】

勇も中身スカスカの同意コメントを返した。敢えて、「どうでもいい」感を醸成することが大事な気がしたのだ。

勇のメッセージの横にすぐさま【既読】の文字が浮かぶ。どうやら美久はＦＩＮＥアプリを起動したままのようだ。

【単位おとすよ】

「いしし」という意地悪な笑みを浮かべたスタンプと同時にメッセージが飛んでくる。

【それはヤバい】

ぶるぶると恐怖に震えるスタンプを添えて返信する。冗談めかしていたが、勇は笑えない心境でもあった。なぜなら、勇は「中退サークル」あるいは「やめサー」と噂される行動研究会に所属しているのだから。

【ねないように、しりとりする？】

突然の提案。だが、勇に断る理由はない。最初からこの講義を聴くつもりはなかったし、美久とのコミュニケーションをここで終わらせるつもりもなかった。

親指をぐっと立てたスタンプを送る。早速、美久から最初のワードが放り込まれてくる。

【サクラ】

カタカナだったので、それが花の方なのか、美久の名字なのかは判断がつかなかったが、どちらにせよキレイな始まりかただと勇は思った。

【ラクダ】

まずは無難に返す勇。すると、【タもあり？】と美久からルールの確認。【もちろん】と勇は返した。濁点や半濁点がついたときは、ありなしを選べるというイージーモードに設定した。しかし、このルール決めを勇はあとから後悔することになる。

【タカラ】

――お、また「ラ」か。

美久が早くも「ら攻め」できたのが意外だった。眠気覚ましにゆるゆるとラリーを楽しむつもりかと思いきや、ちゃんと勝ちにきている。勇はその勝負にのることにした。

【ランドセル】

勇は「ら」以上に選択肢が少ない「る」で攻める作戦に出た。何かで読んだが、「る」「ぬ」「れ」「ら」「ね」は、その音ではじまる単語自体が他と比べて極端に少ないらしい。「る」や「ぬ」など、広辞苑のページ数でいうと十にも満たないようだ。その希少性に期待して、勇は「る」を自分の武器にしようと試みた。

【ルール】

しかし、美久の方もすぐに勇の作戦に気づいて「る攻め」に切り替えてきた。

【ルビー】

なんとか凌《しの》ぐも、すぐさま【ビール】と返されてしまった。

【負けた方は罰ゲームね】

と、早くも自分の有利を確信した美久から後出しの勝利者特典を提示される。こうなってはなおさら負けられない。勇は自分の全ボキャブラリーの中から「る」ではじまるワードを検索した。

【ルクセンブルク】

【クール】

言葉通り冷静に返された。

【ルージュ】

口紅のことだと勇は知らない。バスルームに伝言を残すための何か、ということは誰かの歌から教えてもらった。

【ジュール】

思わず「?」となる勇。聞いたこともない単語だ。もしかして、美久は「る」で返すために適当に言葉をつくってはいないだろうか。「ルージュ」の意味も知らない勇は自分のことを棚にあげ、【それ、何語?】と流れを遮って美久に訊ねた。

【たぶん英語。仕事量を表す単位だよ。物理で習わなかった?】

即座にかなり具体的な回答が返ってきて勇は言葉を失う。「ド」がつくほどの文系の勇は、高校時代に物理を履修していない。

——そういえば、美久さんって何学部なんだろ？

同じ大学に通う身なのに、所属学部すら聞いていなかったとは。勇は改めて彼女といっしょにいるときに自分がいかに舞い上がっているかを思い知った。しかし、いまは学部を訊く流れではない。この脳の仕事量が何ジュールか知らないが、勇は次の「る」ワードを捻《ひね》り出さなければいけなかった。

【ルミノール】

美久の理系ワードがヒントになった。学校で習ったことはないが、刑事ドラマで聞いたことがあった。血痕が暗闇で光るアレだ、くらいの記憶だったが、それは会心の一撃だと思えた。「ルール」に次ぐ、「る攻め」への「る返し」。これはさすがに美久も悩むだろうと思われた。

【ルーズ】

しかし、コメントの横につく時刻表示は【ルミノール】についたものから一分の遅れもない。即答というやつだ。

——「ず」……。

「る」「ぬ」「れ」「ら」「ね」と同じくらいそこからはじまる単語が少ない「ず」でこら

れてしまった。もしかして美久はかなりしりとりレベルが高いのではないかと勇は思った。

既読がついてからしばらく時間が経っていることに気づいたのか【ズでもスでもいいよ】と美久から助け船がでた。しかし、これは勇には助け船どころか、沈むのがわかっている泥船でしかなかった。

──「ず」か「す」か。

二者択一の罠にはまってしまった。いや、罠ではない。美久は勇のどうしようもないこの弱点のことを知らないのだから、意図して仕掛けたわけではない。勇は自分でトラバサミを踏み、自ら泥の船に乗ろうとしているのだ。

──俺はカチカチ山のたぬきか。

「ず」だけで考えておけば、答えは出たのだ。現に美久のフォローが入る直前、勇は【ズッキーニ】と打とうとしていた。

──ズッキーニ。「す」ではじめたらスッキーニ。

択一のせいで思考能力が低下した勇は、変な造語を無意識に生み出してしまっていた。

──スッキーニ？　俺が？　美久さんを？　スッキーニ？

自分のバカすぎる思考に赤面する勇。頭を抱えて机に突っ伏した。「ブブブ」とスマホが振動して【降参？】と美久からコメントが入る。

――はい。俺の負けです。

「惚《ほ》れたもの負け」とはよく言ったものだ。初めにその言葉を使ったひとはどんな気持ちだったのだろうか。少なくともいま勇は「負け」に対してまったく悔しい気持ちなどなかった。むしろ、勝ち誇りたいほどの喜びに満ちている。

――矛盾してるな。

勇は口の端で笑って【ズカン】と打ち込んだ。

スタンプがなくても、その言葉の並びだけで美久のたのしそうな顔が浮かんでくる。

【はい！　んがついたー。勇のまけ～】

【じゃ、罰ゲーム考えとくね～】

そのコメントを最後に美久からのＦＩＮＥは終わった。どうやら講義もすでに終わっていたようだ。周りの学生たちがのそのそと立ち上がり、教室を出て行く。

勇は出席カードの感想に、【一億ジュールくらい勉強になりました】と付け足して提出した。自分が出ていた講義のタイトルさえも思い出せなかったが。

「なあ、火ある？」

「ムーヤウ」という名のインドカレー屋で夕飯を食べて部室に戻ると、ドアの前に見知らぬ男が気だるそうに座っていた。口には細いタバコを咥《くわ》えている。

「チャッカマンならあったような気がしますけど、ここ禁煙でしょ？」

行研ＯＢであろうことは察しがついていたので、むしろ部室使用時のルールを知らないのか、くらいのトーンで問い返した。

「は？　禁煙？　いつから？」

——知らないよ。

男の質問に答えず、勇はとりあえず部室の鍵を開けて中に入る。男は当然のように後ろから付いてくる。

「なあ、火ぃ」

咥えタバコのまま、同じ要求を繰り返す男に勇は少しイラついてしまった。

「だーかーらー、ここは禁煙って言ってるでしょ！」

急な大声に驚いたのか、それとも後輩に怒鳴られたのがショックだったのか、男は口をぽかんと開けてフリーズしてしまった。ぽろりと細いタバコが床に落ちる。

あまりの面食らいように勇は気の毒になって、タバコを拾ってあげる。

「すみません」

勇からタバコを受け取り、それを無造作にポケットに突っ込むと「いや、うん、大丈夫」と男は小声でつぶやいて、長椅子に力なく腰掛けた。

——このひともルイーダさんに言われて来たんじゃないのかな？

青熊や工藤がそうだったように、新しい部室警備員をからかいにきた輩、いや、先輩なのではないかと勇は思っていたのだ。

「なんだよ、ルイーダのやつ。全然かわいくねーじゃねーか」

男はぶつぶつと独り言のように不満を漏らす。その割には声のボリュームがでかい。明らかに勇に聞こえる音量だ。

「ルイーダさんに何て言われて来たんですか？」

「あ？」

本人は勇に聞こえているとは思っていなかったようだ。再び驚いた顔で勇を見つめてくる。

「金がないなら、部室に行けば、かわいい後輩が面倒見てくれるよ、って」

すぐ素直に白状するあたり、根はいい人なのかもしれないと勇は思った。しかし、それといまの発言を看過するのとは違う話だ。

「俺だって金なんてないですよ！」

毎日毎日バイトをしても、学費と生活費ですぐに飛んでいく。今月も実家の両親からの仕送りは遅れている。勇はいまどきめずらしい貧乏学生だった。

「しけてんな、くそっ」

そう言ってテーブルに大きく上半身を投げ出した男の腕に勇は目がいった。随分と高そうな時計をしている。よく見ると、服も悪くない生地を使っているように見える。靴だって本革に違いない。

その視線に気づいたのか、そうでないのか、男はテーブルに突っ伏したまま、勇に話しかける。

「おまえ、社本っていうんだろ？　じゃ、地元愛知だな」

男の推理は当たっていた。勇は愛知県の出身だ。社本というめずらしい名字も、勇の地元では結構メジャーなものだった。しかし、東京でそれを知っているひとに出会ったことはまだない。意外に思っていると、さらに意外な言葉が男から発せられた。

「諸星工業って知ってるだろ？」

「なんだそれ」とは勇はならなかった。確かにその名の企業を知っていたからだ。というより、愛知の人間でその会社を知らないものはいないと思われる。東京では流れていないが、「も〜ろぼっし〜♪　も〜ろぼっし〜♪　あいちの星だぜ、もろぼっし〜♪」というCMソングは小学生のとき誰もが一度は口ずさんだことがあるほど有名だった。

「知ってますけど……」

勇はさすがに「も〜ろぼっし〜」と歌うのはやめておいた。

「俺、諸星彰男《もろぼしあきお》って言うんだ」

「え？」

この流れで、ただ名字が同じというはずはない。目の前のいかにもやる気のなさそうなOBは、あの諸星工業の関係者だと名乗っているのだ。

「マジですか？」

「ウソつくほうが面倒だろ」

確かに、と納得しつつ、勇はその関係性が気になった。勇の親が生まれる前からあった会社だ。創業一族だって枝分かれしているだろう。遠い親戚という程度で自慢しようというなら随分と虫がよい話だ。

「いまの社長、俺の親父」

勇が訊くより早く諸星は答えてくれた。そして、それは文句なく自慢していいレベルの話だった。

「マジですか？」

驚きすぎてそっくり同じセリフをリピートする勇。いまや世界の「MOROBOSHI」へと成長した諸星工業は、それでも本社を愛知から動かしたりはしない。地元密着の愛を忘れず、いまも愛知県の雇用創出、景気向上に貢献している。県民の誉れともいえる会社だ。

「すごいですね〜」

勇は素直に感心した。諸星自身が何かをしたわけではないのだが、あの会社の社長をしているひとの血を継いでいるというだけで、尊敬に値するような気すらしていた。

「俺は何もしてねーし」

当然、諸星はそう答えるだろう。しかし、その表情から、どうやら謙遜ではないらしいということが勇にもわかった。

「つか、諸星工業の後継ぎがこんなとこで何してんですか。大学はとっくに卒業してるんですよね」

時刻は夜の十時。この時間に部室に入れるのは部室警備員である勇とＯＢＯＧだけと決まっている。

――まさか……。

「俺、卒業してねーし」

ふてくされたように言い放つ諸星は、会話するのさえ億劫《おっくう》そうだ。

「まさか、諸星さんも、中退者？」

返事をする代わりに、諸星はじとりと勇を見つめた。諸星の瞳に「図星」が瞬く。

諸星も青熊や工藤のように大学をやめた人間だった。しかし、あのふたりと違って、諸星からは中退したからこその輝きというか、自信というか、前向きなエネルギーのようなものが感じられなかった。

「なんで大学やめちゃったんですか？」

本来であれば、先輩の過去をほじくり返す質問だ。プライベートを侵す権利など部室警備員にはない。しかし、勇には訊かなければいけない理由があった。なぜなら、諸星らはここ行動研究会が「中退サークル」であるという生きたエビデンスでもあるのだから。中退の理由から何かしら回避するためのヒントが見つかるかもしれない。

「あ〜、やめた理由かぁ〜」

諸星はだるそうにそう言うと、ゆっくりと身体を起こし、ぼんやりと部室の天井を見つめた。

「面倒だったからかな〜」

その言い方がすでに面倒くさそうなオーラ全開だった。どうやら諸星の気だるさはいまに始まったことではないらしい。

「俺さ、生まれたときから何でも持っててさ」

普通なら何の自慢話だと鼻白むところだが、諸星工業の御曹司のエピソードである。そこには十分すぎるリアリティがあった。

「勉強も、学校とかよりわかりやすく家庭教師が教えてくれるから、テストの成績とかもよかったわけよ」

勇が特に相槌《あいづち》を打つ必要もない。諸星は天井を見つめながら独り言のように語り続けていたからだ。

「でも、中学くらいからかなぁ。なんか何もかもどうでもよくなってさ。周りが全部お膳立《ぜんだ》てしてくれる人生ってなんだろな～って」

　諸星のモノローグは淡々と続く。

　過保護すぎる親のレールに早々と気づいていた諸星だったが、そこから脱線することはなかった。理由は、「道なき道を歩くなんて面倒だから」。目標もやる気もないまま、諸星は高校を卒業し、そして金田大学に入学した。

　学風の「自由」に憧れたのだそうだ。しかし、その自由を摑《つか》み取る行為すら諸星には面倒くさかった。

「講義も代返バイト雇えばよかったし、レポートは代筆、試験は替え玉。勉強するのも面倒だったしな～」

　気づけば諸星は火のついていないタバコを咥え、見えない紫煙を天井に向かってくゆらせている。

「でも、こんな俺でも唯一マジになったことがあってさ～」

「何ですか、それは？」

　怠惰な毎日しかなかった諸星の大学生活に訪れた本気の瞬間。逆にそこに中退の理由が隠されているのでは、と勇は身を乗り出した。

「おんな」

照れ隠しなのか、「すぱー」とタバコをふかしてぶっきらぼうに諸星は答えた。何度も言うが、このタバコには火がついていない。

「おんな?」

おうむ返しをする勇。大学をやめてしまうほど夢中になった女性がいたということだろうか。

「いまでも思うよ。なんであんなにマジになっちまったんだろって」

諸星の配慮なのか、その女性の名前などは一切出さずに、彼は本気で好きになった女性の話を聞かせてくれた。

かわいくて、ひとなつっこくって、やさしくて。でも、どこか垢抜《あかぬ》けない感じも、男慣れしてないように感じさせる女性だったようだ。

諸星は、何度かごはんをふたりで食べたり、映画を観たり、休みの日にはクルマで遠出したりもした。デートの計画は諸星がたてた。そんなことはこれまでの人生で一度もしたことがなかったそうだ。何をするか決めるのはいつだって諸星を守る大人の役目だったから。慣れないプランニングに失敗することもたくさんあったと言う。しかし、彼女は嫌な顔ひとつせず、むしろ、ハプニングもデートの醍醐味《だいごみ》だといつも笑ってくれていたそうだ。

「すてきな女性じゃないですか」

勇の素直な感想に、諸星は何も答えなかった。話は続く。

「でも、彼女にとっては、俺は彼氏じゃなかったみたいなんだよな」

「へ？」

勇は驚いてしまう。ふたりで食事をして、ふたりで映画を観て、ふたりでドライブして。何度もデートを重ねて、彼氏ではないとはどういうことなのか。勇には理解ができなかった。それとも、大学生の彼氏彼女というのは、そんな単純にはできていないのだろうか。だとすれば、恋愛レベル「1」の勇に、大学生の恋愛など夢のまた夢だ。

「最高の男友だちだって言われたよ」

ふと見ると、諸星の目の周りが紅《あか》くなっている。

――泣きそう？

勇は心配になった。自分が中退の理由を聞き出そうとしたせいで、諸星の失恋の傷を抉《えぐ》ってしまったのかもしれない。

幸い、諸星の目から涙は流れなかった。代わりにこぼれるようなかすかな声で、「なんだよ、それ」とつぶやいた。

――確かに。

勇は諸星に激しく同意し、そして同情した。恋愛は両成敗、と歌っていたのは何という名のバンドだったか。確か、そのバンドのボーカルは随分と自由気ままな恋愛をして、周囲に迷惑をかけていた。

ふたりでそこまでつきあって、男性の好意に気づかないはずがない。「最高」とか「友だち」とか、適当な言葉で相手の気持ちをはぐらかしたにすぎないのだ。諸星は弄ばれたと言っても過言ではない。

「ま、それはそれ。男女のことだから」

——虚勢をはらなくても。

諸星の吐く「大人の意見」が勇には逆に痛々しかった。

「でも、そのときに随分と金を使い込んじまってさ」

話が生臭くなってきた。儚《はかな》くも切ないピュアな悲恋話だったはずなのに。

「まさか、それで……」

「うちの大学、金のないやつには冷たいんだよな。金田大学だけに」

笑えない。しかし、勇には疑問がある。諸星工業の御曹司の彼だ。女性に多少の小遣いをつぎ込んだくらいで、学費を払えなくなることになるだろうか。

「その子に夢中になりはじめてから、親のスネかじってんのが、急に恥ずかしくなってさ。仕送りとか、全部捨ててたんだよね」

「捨て？　え？　お金を？」

「ああ」

諸星は悪びれずに答える。勇はさきほどまでの同情の気持ちを打ち捨てた。

——だめだ、このひとには共感できない。

「いや、だって、親に金返すとか面倒じゃん。理由訊かれたりして」

だからと言ってお金を捨てる必要があるだろうか。いま現在、お金がないせいで女性との、いや、本音を言おう、美久とのデートすら画策できない勇には、その頃にタイムスリップして、諸星が捨てたお金をすべて拾ってきたかった。

「気づけば、学校クビになってて、それが親にもバレて、いまほとんど勘当状態」

勇は合点がいった。それで、大学をやめたあとも愛知に帰らず「金がない」と言って部室なんかにふらふらとやってきていたのだ。

「ルイーダさんにバイト斡旋してもらえばいいじゃないですか」

勇は極々当たり前のことを提案したつもりだった。しかし、諸星はそんな勇を軽蔑するかのような目で見つめた。

「俺が、バイトとか、バカか」

——バカは、あんただ。

勇はそう心に思ったことを口に出さないように必死にがまんした。仮にも先輩。中退者といえど、サークルのＯＢだ。

「なあ、火、ない？」

三度目の正直ですね、はい、チャッカマン。とはならない。勇は諸星のしつこさにさすがに腹をたてた。

「き、ん、え、ん！」

その激しい口調に諸星はしゅんとしてしまう。さすがお坊ちゃまなだけはある。叱られることに慣れていないようだ。

「このタバコさ……」

火のついていない細タバコをじっと見つめながら諸星がつぶやいた。

「その子が吸ってた銘柄でさ」

勇は「ぐっ」と唸《うな》ってしまう。罪悪感を強制的に引っ張り出された気分だ。自分の質問が諸星を傷つけてしまったことは確かだ。

「一本だけですよ」

勇はあとで消臭スプレーをしておけばいいか、とチャッカマンを部室の奥から探し出して、カチッと火をつけてあげた。

「さんきゅー」

諸星の咥えているタバコから初めて煙があがった。一筋の狼煙《のろし》が天井に向かって昇っていく。これで、諸星が思い出したつらさも吐き出されればいいが。そう勇が思っていると、「げほげほ」と諸星がむせ出した。

「タバコって、何がうまいんだろな」

——知らないよ。

勇は今度こそ本当に呆れてしまった。

諸星は、一口吸ったかどうかのタバコを、勇が捨て忘れていたコーヒー缶に入れ、のそりと立ち上がった。出会ったときと同様に、至極ゆっくりと気だるそうに。

「じゃ、俺、行くわ」

「はい」

これ以上引き止める理由はない。青熊や工藤の中退話と共通する話は見出せなかったが、それはそれで諸星の話はためになった。

——恋愛は、難しい。

自分は目の前の彼のような失敗はしないようにしようと勇は心に誓った。

「あ、そうだ」

思い出したように振り返って諸星は勇に訊ねた。

「プライドが高いやつと、性欲が強いやつ、どっちがいい？」

勇には質問の意味がわからない。しかも、二者択一だ。どっちを選べば正解なのかもわからない。「え？　え？」とまごついていると、諸星は、「待つのも面倒くせーな」と、勇の選択を待たずに部室を出て行った。

——助かった。

そう思いつつも、なんだか後味は悪かった。最後の質問にはなにか、これから起こりうるであろう不吉の臭いがした。うっすらと残るタバコの臭いの中、勇は少し不安になった。

そのとき、テーブルに出しておいたスマホが「ブブブ」と震える。

【じゃじゃーん！　罰ゲーム決定】

美久からだった。ＦＩＮＥを起動して、全文を確認する。

【勇は、わたしとデートの刑】

「刑」とはついていたが、それは勇にとって紛れもない「ご褒美」だった。コメントのあと、目をハートマークにしたスタンプが送られてきていた。

——これ、本気にしちゃうやつ。

さきほどまでの自戒はどこへやら。諸星の失恋譚《しつれんたん》には勇を冷静にさせるほどの効力はなかったようだ。

勇は部室内でスキップをしながら、隅々まで消臭スプレーをかけまくった。

キスをするのは、やめておけ

「二本ともおもしろかったね」

長時間椅子に座っていたことで固まった身体をぐんと伸ばしながら、美久は勇を振り返り言った。

「ならよかった」

勇は映画館の外が明るいことに不思議な高揚感を得ていた。四時間近く暗闇の中にいたので時間感覚が狂っているのだろう。

「映画観終わったあと、まだ外が明るいとなんだか得した気分にならない？」

美久も勇と同じようなことを感じていたようだ。そのちょっとした共感に、勇はどうしようもなくうれしくなった。

――映画デートにしてよかった。

勇は自分のプランが間違っていなかったことを感じ、ホッとしていた。

美久からデートの「刑」を告げられた勇。その瞬間こそ舞い上がっていたが、すぐに不安のどん底に突き落とされた。

——デートなんて、どこ行きゃいいんだ。

ふたりきりどころか、グループでも女性とどこかへ出かけた経験のなかった勇は、どんなデートをすれば異性を喜ばせられるのかまったく見当がつかなかった。

——しかも、お金もない。

遠出をしたり、テーマパークに行ったり、豪華な食事をしたり。デートと聞いてパッと思いつくようなプランにかかる元手が、いまの勇の懐具合では甚だ心もとなかった。

——それに、美久さんの前で迷うのはちょっとな。

遠出をすれば、免許のない勇にとって「足」は公共交通機関になる。どちらの路線に乗れば、という選択は勇にとって苦手にしているもののひとつだ。駅構内やバス停で、うんうん唸りながら悩み、美久に呆れ顔をさせているところが浮かび、勇はまず遠出の線はなしにした。

テーマパークも同様だ。何に乗るか、どのアトラクションに入るか、あそこは常に選択を迫られる。そのたびに悩んでいたのでは、何も乗れずに閉園時間になってしまう可能性すらある。勇は夢の国プランも却下した。

──デートなんて、どこ行きゃいいんだ。

再び思考は振り出しに戻る。そのとき、ふとタバコの残り香が鼻をついた。

──ちっ、まだ消臭しきれてなかったか。

消臭スプレーをシュッシュとやりながら、勇はその臭いを残した諸星の発言を思い出していた。

──映画観たとか言ってたっけ。

諸星自身はそのデートで女性の心を摑むことはできなかったようだが、映画デートは悪い案ではない気がした。

勇はスマホを取り出し、「オッケー」と音声検索を開始した。

「金田大学近くの映画館」

「ポン！」とテンションの高い機械音がして、スマホが答えてくれる。

「カネダショウチク。ココカラ、トホジップン」

画面には【金田松竹】の地図が表示されている。スクロールして、金田松竹のオフィシャルサイトに飛ぶ勇。

──え、二本立て？

どうやらこの金田松竹は、過去の名作を流している映画館らしい。そのせいか、鑑賞券ではなく、入場券というシステム。チケット一枚で二本映画が観られるようだ。入れ替え制ではない映画館というのが勇には新鮮だった。

そして、この情報は、勇にとって僥倖《ぎょうこう》と言わざるをえないものだった。

——どの映画を観るか悩まないですむ。

——電車にも乗る必要なし。

しかも、と勇は壁にかけてあるカレンダーに目を移した。美久から「刑執行日」として指定されていた次の土曜は、月のはじめの「一日」だった。

——映画デーだ。

毎月一日は映画が安く観られる。この金田松竹も例外ではなかった。

——よし、ここに決めた。


映画デートが、ここまで勇の弱点をカバーしてくれるとは思いもしなかった。まったく頭になかったこのプランを思いつかせてくれた諸星に、勇は心から感謝した。さきほどまでは自業自得の情けない先輩としか思っていなかったが。

映画デートのあとの食事はひとつだけ心当たりがあった。ルイーダやタダカンに何度か連れて行ってもらった駅前のバー風居酒屋だ。

——あそこならちょっと雰囲気いいし。

お酒がずらりと並んだバーカウンターもある「シーズンズ」というその店で、勇はカップルも多数見かけた記憶がある。美久を連れて行って恥ずかしい場所ではないはずだ。

——居酒屋だし、そこまで高くなかったような……。

勇はいつもルイーダたちに奢《おご》ってもらってはいたが、メニューを見て腰を抜かすほどの金額ではなかったことを覚えている。バイト代も入ったし、そこならなんとかなりそうだった。

かくして、一時はどうなることかと思われたデートプランも、なんとかうまくいきそうなものにまとまった。あとは当日、美久が喜んでくれることを祈るばかりだ。

勇は美久に集合時間と場所をＦＩＮＥで送っておいた。すぐに既読がつき、【ＯＫＡＹ】とフリップを掲げるうさぎのスタンプが返ってきた。


「かんぱ～い」

美久がグラスを掲げて音頭をとる。勇もそこにグラスを近づける。グラスとグラスが「ちん」と小気味いい音をたてる。照明を落とした「シーズンズ」の店内で、勇たちを照らすのはテーブルの上のキャンドル。やわらかいオレンジの光が必要以上にふたりのムードを盛り上げる。

——ちょっと、やりすぎたかな……。

どうやらいつも座る団体席とは演出が若干異なるようだ。バーにふたりで訪れるということはイコール……、みたいな空気を感じて勇は急に照れくさくなってきた。

「どうしたの？」

口数の少ない勇に、心配そうに美久が声をかける。

「いや、なんでもないよ、さっき観た映画の余韻に浸ってただけ」

咄嗟《とっさ》に勇はウソをついた。映画の内容などほとんど覚えてはいない。なぜなら、鑑賞中ずっと勇の右手の上に、美久の左手が重なっていたから。「その手の意味は？」と訊きたくても、「意味なんてないよ」と答えられたらどうしようと、勇は切り出せずにいた。

「あ～、よかったよね～。昔観たときとまた違った印象受けたな～」

――え？

美久の発言に勇は驚いた。今日観た二本は、十年前に大ヒットした恋愛映画と、その三年前に同じ監督が撮った青春群像劇だった。当時小学生だった勇は両方観ていなかったので、てっきり美久もそうだろうと思い込んでいたのだ。

「ごめん。観たことあるやつだったんだね」

さきほどまでまずまずのデートプランだと自負していただけに、この失敗の発覚はショックが大きかった。こんなことなら新作ロードショーにしておけばよかったと、勇は後悔症候群も発症しかけていた。

「あ！　いや、えっと、観たっていってもすごい昔だし、ほとんど覚えてなかったし」

美久が慌ててフォローをいれてくれる。そのやさしさが勇にはうれしくもあるが、情けなくもある。

「十年くらい前の映画だったから逆に新しいかな、と思ったんだけどね。まさか十年前の映画、美久さんが観てるとは思わなくて」

プラン立案者として、素直に失敗を認めたくなかった勇は、往生際の悪い言い訳を述べた。しかし、その一言は「美久のほうが悪い」と受け取れなくもない。恋愛経験のない勇は、まさか失敗に失敗を上塗りしているとは気づかない。

「十年、十年ってしつこいな」

勇に聞こえるか聞こえないかくらいの小さな声で美久が不機嫌につぶやいた。

「で、でも、子どものときにあの映画が観れるってすごいよね。俺、たぶん公開当時に観てたらまったく理解できなかったと思うよ」

なんとなく不穏な空気を感じた勇は美久を持ち上げることにした。

「ううん、わたしだって最初に観たときは全然わかんなかったよ。純愛ってなに？　みたいな感じ」

キャンドルの灯《あか》りの中、美久の笑顔が咲いたことで、勇はほっとして、話を続ける。

「だよね。二本目は逆にひとりの女の子を親友だった男たちがとりあうってやつだったけど、あれはこの歳でも理解不能だったよ」

勇は唯一覚えていた群像劇の一幕を例に挙げ、「ちゃんと観てたよ」アピールをすることにした。

「ああ、あんなのまだ甘いよね～。もっと男の数増やしてどろどろさせないと」

「え？　あ、うん。そうだね」

美久の感想が思っていたものと違ったので、勇の同意は少しぎこちないものになってしまった。

「あ、せっかくフィクションなんだからって意味だよ」

自分の言葉足らずを感じたのか、美久が慌てて補足する。勇は「そういうことか」とすぐに納得し、グラスビールを口に流し込んだ。

美久はすでに一杯目のビールを飲み干していた。新歓コンパでお酒はあまり得意ではないと言っていたが、おそらく謙遜だったのだろう。

「すいませ～ん」

手を上げて店員を呼ぶ美久。「勇はどうする？」と訊いてくれたが、勇はまだ大丈夫という意味で手のひらを店員に向けた。美久のペースに付き合って飲んでいたら、あっという間に記憶を飛ばしてしまう。

「キスミークイック、できます？」

そう美久に訊ねられた店員は、カウンター内にいる白髪のバーテンダーに確認に行き、すぐさま「大丈夫です」と言いながら戻ってきた。

「勇は、カクテル言葉って知ってる？」

つと美久は勇に訊ねた。勇は首を振る。花言葉なら聞いたことはあるが、カクテル言葉なるものは初耳だった。

「この前読んだ小説に出てきたんだけどね」

美久は前置きした上で、カクテルにも花言葉のようにそれぞれにメッセージが込められていると教えてくれた。

「キスミークイックでございます」

店員がオレンジ色のカクテルをテーブルに置く。美久が新歓で飲んでいたカシスオレンジとも少し似ている。美久はオレンジ系が好きなのだろうか、と勇は思った。

「え〜と、これのカクテル言葉は、と」

美久はスマホで検索し、画面を勇に見せてくれた。【幻の恋】と、そこには書かれていた。

「へえ〜」

感心したふりをしつつも、勇の頭にそのカクテル言葉はちっとも入ってこなかった。カクテルの名前のほうがインパクト強すぎだからだ。

――すぐにキスして、って。

美久がどんなつもりでそのカクテルを頼んだのか気になって仕方なかった。しかし、こちらもまた映画館での手の重なり同様「特に意味はない」と答えられたらどうしようと、一歩を踏み出せずにいた。

「幻かぁ」

勇の気持ちも知らずに、美久はスマホ片手にキスミークイックのグラスに深い口づけをしていた。

「幻かなぁ？」

今度は独り言ではないようだった。美久の視線と勇の視線がまっすぐ重なる。

――なんて答えれば……？

この問題の解が自分の中にないことは勇にはよくわかっていた。二択の選択肢すら浮かんでこない。迷いようもないが、答えようもない。頭の中の白紙の解答用紙をひらひらとさせながら、勇はただただ黙りこくってしまった。

すると、ふっと目の前が暗くなった。キャンドルの火が消えたのだ、と勇の脳が判断するのと同時に、シナプスがちぎれるかと思うほどの激しい衝撃が勇を襲った。

勇の唇になにかやわらかいものが触れたのだ。しっとりと潤いのあるなにかは、ふわり、そして、ぺたりと勇の唇に重なり、その感触はすぐに去っていった。

「すいませ〜ん、火が消えちゃって」

勇が脳を揺さぶられ朦朧《もうろう》としていると、店員がやってきてキャンドルに火を灯《とも》してくれた。明るさを取り戻すふたりのテーブル。美久は何事もなかったかのような顔をして、メニューを指差している。呼んだついでに、追加の料理を注文してしまうつもりらしい。

「あ、あの、美久さん」

店員が去るのを見届けてから勇は口を開いた。そこにはまださきほどの感触が残っていて、唇を動かすことすらもったいなく感じたが、仕方ない。

「ん？」

美久はきょとんとしている。そのあまりの自然な表情に、勇は本当は何もなかったのではないかと不安に思った。急に暗くなったことにパニックになって、勝手に膨ました妄想が触覚を錯覚させてしまったのかもしれない。

「いや、なんでもない」

勇は今日のデートであったすべての「ドキドキ」を結局追及することができなかった。そして、美久もそれ以上なにもしてくることはなく、当然、顧みての説明もなかった。

「ありがとう、今日はすっごくたのしかった」

改札前での別れ際、美久は満面の笑みで今日のデートに合格点をくれた。しかし、勇は美久ほどの笑顔をつくることができなかった。もやもや悶々《もんもん》とした気持ちを抑え込むのに精一杯で、スマイルのほうに注力できなかったのだ。

「うん、俺も」

それでも、言葉ではなんとか美久の笑顔に応える。店を出たあと、「このあとどうする?」と勇気を振り絞って勇は訊いていた。それこそ、レベル一でラスボスに挑むくらいの蛮勇ではあったが、勇の今日イチの覚悟でもあった。

美久は残念そうに微笑むと「ごめん」と謝った。今日は、実家から妹が泊まりに来ているらしい。遅くなると親に告げ口されるかもしれないから、と説明してくれる美久は本当に申し訳なさそうな顔をしていた。

もちろん勇に「それでも」と食い下がる力は残されておらず、素直に「ナラシカタナイネ」とカタコトで返すほかなかった。

「またね」

そう言って人混みの中に吸い込まれていく美久。手を大きく振ってくれてはいるが、小柄な彼女の身長だと手の先がやっと人垣からちょこんと出る程度である。それでも勇はその手が見えなくなるまで手を振り続けた。

【電車、すごい混んでる】

美久からのFINEを確認してから、やっと勇は駅をあとにすることにした。スマホをポケットに入れようとした瞬間、「ブーブーブー」と手の中で震えた。

コメント着信のときと違うバイブ。滅多にかかってくることなどない電話のようだ。

——実家か？

そう思って反射的に電話に出る勇。しかし、聞こえてきたのは知らない男の声だった。

「社本勇、おまえ、先輩をいつまで待たせる気だ！」

間違い電話ではなさそうだが、勇はこんな偉そうな人物に心当たりはない。

「ど、どなた様でしょうか？」

高圧的に出られると自然、低姿勢になってしまうのは勇の性格上の問題もあるだろう。

「早く戻って来て部室開けろよ」

どうやら怒鳴り声の主は、行研関係者のようだ。時刻は八時四十分。まだＯＢ使用可能時間ではないが、電話の主は勇が大遅刻をしたかのように責めたてる。

——ルイーダさん、俺の番号も勝手に教えてんのかよ。

偉そうなＯＢからの電話が切れたあと、ため息をつきながら、勇はとぼとぼと部室までの帰路を歩いた。


「どっちか、早く選べよ」

勇の目の前にはワインボトルが二本並んでいた。ラベルの文字はフランス語だろうか、第二外国語がドイツ語の勇には読むことができない。だが、記されている四桁の西暦はどちらも古く、安くはないであろうことが想像できる。

——せめて、赤と白とかなら選びようもあるけど。

たとえそうだとしても迷うこと必至なくせに、居丈高に「選べ」と言ってくるＯＢへの不満もあって、勇は心の中でぶつぶつと文句を言った。

「どっちも赤なんですよね？」

念のため確認してみる勇。偉そうな男は舌打ちをしたあと、「見たらわかるだろ」と乱暴に返してきた。

「ですよね～、ははは」

つい腰が低くなってしまっている自分が情けない。自然と出てしまった乾いた愛想笑いも勇を惨めな気持ちにさせた。

「もういいよ！」

痺《しび》れを切らした男が一方のワインボトルを手に取り、持参したコークスクリューで器用に開栓していく。「スポン」とコルク栓が抜けると、ふわりとワインの香りが瓶から溢れ出てくる。勇は「芳醇《ほうじゅん》な香り」とはこういうことか、とフルーティな匂いを自分なりに形容してみた。

「ほら」

グラスにルビー色の液体を注ぐと瓶をどんと勇の前に置き、自分はもう一方のボトルを開け、手酌でグラスに注いだ。

「へ?」

勇は呆気《あっけ》にとられてしまった。てっきり、最初に開けたボトルの方をふたりで飲むものだと思っていたから。まさか、ひとり一本方式とは。青熊や工藤のときは、二者択一に苦しめられつつも、結果として両方堪能することができた。今回も最終的には二本とも飲めるのでは、と淡い期待を抱いていたのだ。

「なんだよ? どっちかって言ったろ」

男の言うことに間違いはない。だが、勇は顔に書かれた「がっかり」の文字をなかなか消去することができずにいた。

男はワイングラスでもなんでもない、百均で買ってきた大量生産のタンブラーグラスに注いだワインを、手首のスナップでくるりと一回転させると、目を瞑って香りを嗅いだ。

「う〜ん、やはり俺の選んだワインだ。目の前にボルドーのぶどう畑が広がる。生娘たちが一所懸命ぶどうを踏んでいるな。ああ、今日はお祭りだったのか。たのしげな音楽が聴こえる。さあ、飲もう、酔おう。この実りの味を、神に感謝しよう」

瞼《まぶた》を閉じたまま、百均のグラス片手に男は歌うように語り出した。薄汚れた部室の真ん中で妄想を叫ぶこの男の入室を許してよかったものかと、勇は激しく後悔し始めていた。

「あの、それで、今日はどういったご用件で……」

フランスかどこかの農園で、ワイン娘たちと踊っているであろう男を勇は現実に呼び戻した。男は目を開け、そこにいるのが、生足をぶどうの汁で汚した美女たちでないことに嘆息を漏らしながら、とんでもない一言を発した。

「復讐《ふくしゅう》のためにな」

「はい？」

突如登場した剣呑《けんのん》なワードに、勇は自分の聞き間違いであることを願った。

「リベンジだよ、リベンジ」

聞き間違いではなかった。しかし、英語で言うとなぜか急に前向きに感じるのは勇だけだろうか。

「行研のひとにですか？」

でなければ部室に来る意味はないだろう。ただ、勇は教えてあげたかった。この時間に来るのはOBやOGだけで、現役生はここには居ないということを。

「『元』だけどな」

勇の心配は杞憂《きゆう》に終わった。ただ、逆に考えると敢えてこの時間を狙ってきていると いうことだ。復讐のために的確な行動をしている先輩に、勇はどう対応していいかわからなかった。

「あの、先輩は……」

「高橋《たかはし》だ」

勇の問いかけを遮って、いまさらではあるが、男は自己紹介をしてくれた。姓は高橋、名は馨《かおる》と言うらしい。

「高橋さんも、元行研なんですよね？」

勇は仕切り直して、高橋に最初の質問をぶつける。

「ああ。五年前までこのサークルに所属してやってた」

発言がいちいち上からなのは、キャラクターなのだろうか。ふと諸星の去り際の一言が勇の頭をかすめる。

「プライドが高いやつと、性欲が強いやつ、どっちがいい？」

――このひとのことか～。

どっちか答えていないのに、勝手にプライドの高い方が来てしまった。諸星の知りあいということはおそらく、高橋も「あの仲間」だろう。

「間違ってたらすみません。高橋さんは、大学中退してます？」

「はあ？」

いまにもグラスの中のワインを勇にかけてきそうな勢いで、高橋が詰め寄ってきた。

勇は思わず防御体勢をとるが、顔に赤い液体が降ってくることはなかった。

「そうだよ。『中退一流』『留年二流』『卒業三流』なんて言われてるこの大学の伝統に則《のっと》ってな」

「はは」と笑いを付け足し、グラスにワインを注ぎ足す高橋。アルコールのせいなのか、最初よりは物腰がやわらかくなってきたような気がする。

「俺は、ほんとは東大に行きたかったんだ」

高橋が日本の最高学府を目指していたと聞き、勇は素直に感心した。そんな高みを勇は目指したことすらなかったからだ。ただ、金田大学には高橋のような学生は多かった。志望大に入れず、第二希望、第三希望として入学してきた彼らの中には、切り替えて金田生として自由を謳歌《おうか》するひともいれば、希望通りにいかなかったことを引きずって暗い大学生活を送る人間もいた。

――高橋さんは、後者かな。

それでもサークルに入り、学生生活を充実させようとしたあたり、まだ前向きなほうかもと勇は思った。

「あいつが誘ってこなけりゃこんなサークル入んなかったんだ」

今日はことごとく勇の推察は先回りしてはずされてしまう。せっかく高橋が良いひとに見えるよう自分なりに努力して思考しているのに、すべて裏目だ。

「新歓コンパで隣の席になってさ、意気投合して」

どこかで聞いたことのある話だ。勇は、それが自分と美久の出会いに似ていることに気づくまで少々時間を要した。過去を悔やむ高橋の出会いと、明日に希望しかない勇の現在が類似していると思いたくなかったからかもしれない。

「そのひとも新入生だったんですか？」

「はあ？」とか「ああ？」とか言われない程度に、当たり障りのない合いの手を勇はいれていくことにした。

「そんときはそう思ってたんだ」

そのときの自分を想像し、嘲笑しているかのように高橋は鼻で笑った。

「でも、いざサークルに入ってみたらそいつ、居なくてさ。二年や三年の先輩でもなかったんだ」

――え、どゆこと？

勇は首をかしげる。結局、そのひとは高橋を誘うだけ誘って行研には入らなかったということだろうか。

「OGだったんだよ。たまにサークルには顔を出すタイプだったらしい。新歓コンパも、その日のノリで参加したんだと」

ありえない話ではない。しかし、OGとなるとそこそこ歳も上のはずだが、新入生と間違うとは、高橋はそのとき随分と酔っ払っていたのだろうか。

「ま、現役じゃないっていっても、部室にはときどき遊びに来るって言ってたからさ、俺はしぶしぶここに残ってやったんだよ」

——それだけ、そのOGに夢中だったんだ。

少し前の勇なら、どうしてそんな不毛なことを、と思っていたかもしれない。しかし、いまならわかる。好きなひとができてしまうと、合理的でいられなくなるものなのだ。

「つきあったりしてたんですか？」

勇は発言したあと、しまったと猛省した。ワインをちびちびやりながら聞いていたのがよくなかったのか、口が滑りやすくなっていたようだ。この質問は確実に「ああ？」が降ってくるやつだ。勇は首をすくめて防御体勢をとった。

「ああ」

返ってきたのは意外なほどにクールな「ああ」だった。

「飯くったり、デートしたり。向こうは社会人だから、こっちがわざわざ時間あわせてやってよ」

先輩とつきあっていてもその不遜さを押し通したんですか、と勇は訊きたくなったのをぐっと我慢した。高橋はワインをぐいと飲み干し、再びなみなみとグラスにイエスの血と呼ばれた飲み物を注いでいく。

かれこれ一時間。つまみも食べないで、ふたりはワインを飲み続けていた。勇は気をつけながらとはいえ、結構アルコールがまわってきている。

「でもな」

ボリューム調整機能もおかしくなってきているのか、ありえない大声で高橋が叫び始めた。

「あいつ、他に彼氏がいやがったんだよ！」

――二股か。

悪い女だ、と思いつつも、相手は大人の女性だし、そういうこともあるだろうと、勇は他人事《ひとごと》ゆえの俯瞰視《ふかんし》をしていた。

「俺様みたいな超ハイスペックな男とつきあっておきながら、四人も五人も他に男つくるなんて、信じられるか!?」

――六股？

「信じられません」

勇の正直な感想だった。高橋が女性にとってどこまで魅力的かは措《お》いておき、社会人をしながら、六人もの男性とつきあうなんて器用なことが本当にできるものなのかと勇は思った。優柔不断な自分にはまず無理な偉業、いや、所業だ。

「だろ！　だから、俺は彼女を問い詰めようとしたんだよ」

——当然の流れだ。

「でも、その瞬間、ケータイ着拒だぜ。音信不通」

「マジですか!?」

勇は同情の声を漏らした。そんなひどい話があるだろうか。六股とは言え、つきあっていたひとりだ。説明責任も果たしてくれないなんて。

「悪い女ですね」

今度はちゃんと口に出して言った。その共感が高橋はうれしかったのか、少し涙ぐみながら、勇の手をぎゅっと両手で握りしめた。

「そうなんだよ、悪い女なんだ。だから、俺はなんとか懲らしめてやりたくて、あいつを見張ることにしたんだよ」

「え?」

不穏な香りがしてきた。目の前の偉そうな男は、すでに赤ら顔で威厳の欠片もない。そもそも、今日会ったばかりの後輩に涙ぐみながら失恋話をする時点で偉そうにする資格もないのだが。

「見張るって、四六時中ですか?」

「じゃないと現場をおさえられないだろうが」

それが常識であるかのように高橋は宣《のたま》う。その常識はある限定された人種の中だけのものではないだろうか。

——ストーカーだ。

特殊な常識の中で生きる人種に実際に会ってしまった。警戒しなければ、と脳が信号を送ろうとする。しかし、その肝心の脳がすでにワインにたぷたぷに浸った状態で、まともな指令をとばせない。

「それ、ストーカーですよ」

案の定、思ったことをそのまま口にしてしまう勇。当然、高橋の逆鱗《げきりん》に触れる。

「ああん？　おまえ、何言ってんだ。話聞いてたのか？　俺はあいつの悪事をとめてやらないといけないっていう使命感と正義感で動いてんだよ！」

そう言うと「飲みがたんねーんだ」と、勇の前にボトルを突き出し、飲み干すように強いた。

「イッキ強制は禁止ですよ」

怯《おび》えながらも勇がそう言うと、「俺んときはまだコールあったんだよ」と高橋は、ワインボトルをむりやり勇の手に持たせた。

「はい、瓶だ瓶だ～♪　はいはいはいはいはい！　瓶だ瓶だ瓶だぁ～♪」

手を叩きながらも、勇が口をつけたボトルを鋭角に傾けていく高橋。芳醇な香りもフルーティな甘みもたのしむ余裕すらなく、勇の喉に大地の恵みたる赤いお酒が滝のように流れ込んでいく。

「超高級ワインだ。ありがたく思え」

高橋の偉そうな発言も、勇の耳にはほとんど届いていなかった。目の前が朦朧としてくる。

――ああ、高級ワインがもったいない。

勇は自分のことより、自分の経済力では決して買えないようなワインを無駄にしてしまうことのほうを心配していた。そして、勇の記憶はそこでぷつんと途切れてしまった。

朝、勇が目を覚ますと、机の上はキレイに片付けられていた。勇にもタオルケットがかけられている。

――意外。

あれだけ偉そうにして、酒を強制したくせに去り際は美しいというのが、高橋という先輩の人物像をわかりにくくさせていた。

――あ、部室も。

キレイにしてあったのは机の上だけではなかった。備品が置いてあるラックも、本棚もぴちっと測ったかのように整頓されていた。過去の会誌や名簿などは年代順に並べ直してあるくらいだ。

――ん、年代順？

その整然すぎる並びが、逆に勇に違和感を与えていた。

「あ、ない！」

エコとプライバシーの観点から、行研でもいまでは紙の名簿などは作成していないらしい。しかしそれも最近のことだという。三年前までの会員たちの連絡先は、ＯＢ会などでも使用するため、冊子にして大切に保管してあった。

その名簿が一冊だけ抜けていた。勇の代から数えて十一年上のものがない。そして犯人はひとりしかいない。目的もあれに間違いない。

「ストーカーめ」

勇は高橋の行動がこれ以上エスカレートしないように、とりあえずルイーダに連絡をいれておくことにした。しかし、こういうときに限ってケータイの電池というのは切れているものらしい。

勇は充電している間、自分も寝なおそうと、マットレスを敷いて横になった。頭はまだがんがんと鈍い音をたてて脳を揺らしている。

部室警備員としてまずいことになった、と二重に頭の痛い問題を抱え、勇はむりやり目を瞑った。

朝帰りは、やめておけ

「え？　馨のやつ、部室に来たの？」

ルイーダのよく通る声が、今日に限っては勇を苦しめる。二日酔いの頭には兵器的破壊力を持っているようだ。

「はい。昨夜」

こめかみを押さえながら勇は答える。

「ていうか、高橋さんに俺の電話番号教えたの、ルイーダさんでしょ？」

頭の痛みも手伝って、つい声が非難めいたトーンになってしまう。

「は？　教えるわけないでしょ。あいつは私が部室出禁にしたんだから」

ルイーダでなければ誰が、と勇は思ったが、ルイーダには心当たりがあるようだ。

「ジュンクマかクドケンあたりが怪しいな。あいつら、同期で、大学やめたあともよくつるんでたみたいだから」

いまや時代の寵児《ちょうじ》とも言える青熊と、恵比寿に自分の店を持つ工藤。そのふたりと高橋が、昔はさておき、いまも仲がよいというのは勇には信じがたかった。

「あと、ボッシーもね」

「ああ」

なぜか「ボッシー」が諸星彰男のあだ名であることと、彼と高橋がつながっていることにはすぐに納得できた勇。成功してるかしてないかで他人を選別するのは勇の持つ悪癖のひとつである。

「そういえば、なんで高橋さんは大学やめちゃったんですか？」

昨夜、中退者であることは確認できていたが、理由までは聞けていなかったことを勇は思い出す。

「昨日訊かなかったの？」

「ストーカーしてたってのは聞きましたけど」

「じゃ、それしかないじゃない」

ルイーダはあっさりと答える。

「ストーカーが中退の理由なんですか？」

ルイーダはこくりと頷く。どうやらすでにＯＧであった女性をつけまわしたせいで、大学側に連絡が入ったらしい。

「マンションの前で待ちぶせしてるのをそこの住人に見つかっちゃってね。警察沙汰はなんとか避けたんだけど、大学に連絡いれられちゃったのよ」

当時幹事長だったルイーダが呼び出され、厳重注意を受けたらしい。大学当局が動き出したので、ルイーダもその件を看過するわけには行かなかった。高橋を退会処分にし、現役生とOBOGとの交流は四年に一度のOB会以外では禁ずるというルールを設けた。

「卒業生からも現役生からもかなり不満が出たのよ」

それはそうかもしれない、と勇は思った。ひとりの思いつめた行為が、「自由」を旨とする大学と共に歩んできたサークルの自由を制限することになってしまったのだ。

「連帯責任ってやつですか?」

勇の言葉に「理不尽」というニュアンスが含まれていたのであろう。当時、苦渋の選択をしたであろうルイーダは、苦々しい顔をして答えた。

「わたしは大嫌いだけどね、連帯責任。でも、仕方なかったの。一旦隔離しないと、あいつのせいでサークル自体が崩壊しかねなかったから」

高橋の行為が笑って許せるものではないことは勇にもわかっていたが、ルイーダはもっと重大事と捉えていたようだ。

「たったひとりのことが、サークルを変えちゃったんですね」

いま自分が部室警備員をしているのも、元をたどれば高橋の事件があったからということになる。「高橋のせいで」とも言えるが、それで寝食の手立てを得ている勇にとっては「高橋のおかげ」ということになるのだろうか。勇はなんだか複雑な気分になった。

「そう、たったひとりのせいでね」

ルイーダはまだそのときのことを思い出して険しい顔をしている。いま、日の前に高橋が現れたら、飛び掛って首を締め上げてしまいかねない形相だ。

――名簿のことは黙っとこうかな。

自分のバイトが高橋のおかげで存在していることに恩義を感じたわけではないが、これ以上彼を責めても仕方ないのではないかと、勇は黙っておくことにした。

世の中には二者択一以外にも選択は無数に存在するが、勇はそれらすべてを苦手としつつも、結論がその場しのぎになるものは比較的スムーズに受け入れる判断をすることができた。ただ、常に逃げ腰の自分を、勇は心底情けないと思ってはいた。

「ところで、勇者くん」

表情をやわらげてルイーダが勇の顔を見た。

「最近あんまバイト入れないけど、単位やばいの？」

週五でルイーダにバイトを斡旋してもらっていた勇だが、確かにここ数ヵ月、週三くらいのペースになっている。学生の本分である学業に支障をきたしたのではないかとルイーダは心配してくれているのだ。

――ドSで自分勝手なひとだけど、こういうとこ姉御肌なんだよな。

単位が楽勝でとれているわけではなかったが、ルイーダを心配させては申し訳ないと、勇は「大丈夫です」と答えた。勇の中で理由は明らかだったが、それをルイーダに伝えるとからかわれそうで、本当のことは言えなかった。

「ならいいけど」

ルイーダの少し寂しそうな顔が勇の左胸をちくりと刺した。

――もう少し進展したら、ちゃんと報告しますから。

そう勇は心に決めた。お世話になっているひとへの義理はちゃんと果たす。優柔不断な性格でもこれだけは守ろうと決めている勇なりのルールだった。

「あ、そうだ。今夜、ひとりOBが行くから」

いまのいままで忘れていたという風にルイーダは切り出した。

「え？　また中退したひとじゃないですよね？」

「しょうがないじゃない。うちのサークル、中退してないほうがマイノリティーなんだから」

そうだろうと思ってはいたが、勇はがくりと肩を落とす。

「そのひと、性欲強いですか？」

諸星が暗示したふたりの来訪者のうち、プライドの高い高橋は昨日訪れた。となると消去法でもうひとりの性欲強者がきそうな予感があった。

「あれ、なんで知ってんの？　そう、同棲《どうせい》してるパートナーとケンカして寝るとこないって泣きつかれたから、部室に泊めてあげて」

――どこまで面倒見がいいんだか。

現役生とOBとの接触は制限したルイーダだが、OB同士のつながりはいまだに大事にしているようだ。さすが元サー長といったところだろうか。勇は感心しつつも、今夜やってくる予定の中退者に不安を覚えていた。

「名前は、鈴村将生《すずむらまさき》。ジュンクマたちのひとつ下の代だったかな。すっごいイケメンだから、顔見たらすぐわかるよ」

ざっくりとした情報だけ勇に与えてルイーダは仕事に戻っていった。生協ユニフォームの赤いエプロンの前ポケットに両手を突っ込んで、振り返ることなく売店に向かうルイーダ。その後ろ姿を見送りながら勇はため息をついた。

――マットレスひとつしかないんだけど……。

ルイーダと別れたあと、勇はいつも通っている文学部キャンパスから少し離れたところにある本部キャンパスに来ていた。

ここには政治経済学部や法学部など、文系学部の多くが集まっていると同時に、運営機能の中枢が置かれており、その他キャンパスの学生事務所では処理できない申請や手続きなども行っていた。勇はここの奨学課に用があった。

――やっぱダメか……。

勇は、奨学課窓口の職員の呆れ顔を思い出していた。

「は？　返済額はこのままで貸与額を増やしたい？」

ルイーダの言う通り、最近勇はバイトの量を減らしていた。美久と会う時間を捻出するためだ。しかし、なるべくお金のかからないプランを企画しているとはいえ、デートには出費がつきものだ。時間も惜しいが、お金もほしい。果たして勇は、バイトをせずに収入を増やす方法として、奨学金の増額に思い至った。

しかし、当然のことながらそんな虫のいい話はない。

「返済額が増えてもいいのなら、別の奨学金制度もご紹介できますけど」

窓口のひとはそう提案してくれたが、借金を増やすことは避けたかった。将来のビジョンがまったくない勇。ましてやいま、大学をやめてしまうジンクスをもったサークルに所属している。返済額増加の前提で大学中退、フリーター決定、では早々に借金苦だ。

「いえ、それなら結構です」

窓口のひとに頭を下げて、勇は奨学課をあとにした。「親御さんにまず相談してみては」と背中にアドバイスをもらったが、勇にはその難易度がいちばん高かった。

──親への相談はいちばんないな。

ぎりぎりの仕送りしかせず、勇を常時金欠状態にしているのは他でもない両親だ。彼らは敢えて厳しい環境に身を置くことで、勇の優柔不断が直り、自立できるようになることを期待しているらしい。

そんな両親に「女の子と遊ぶからお金おくれ」などと申し出た日には、即日仕送りを全額カットされかねない。

事務局棟を出て、本部キャンパスをとぼとぼと歩く勇。部室までは、本部キャンパスの中を突っ切るほうが近道だ。下を向いて歩いていると、突然地面の代わりに、【学祭復活】と書かれたチラシが視界に飛び込んできた。

「署名、お願いしまーす！」

顔を上げると、そこにはチラシの束を小脇に抱えた男子学生と、バインダーを持った女子学生が立っていた。

「署名？」

「金田大学の学生さんですよね？」

確認されて、勇は首を縦に振る。「何年生ですか？」と続けて訊かれ「二年」と幼児のようにピースサインを添えて答える。

「じゃ、昔、金田大学が日本一の学祭をしてたこと、知らないですよね？」

知らないことをまるで悪であるかのように詰めよるその女子学生も、勇とたいして歳は変わらないように見えた。勇は奨学金の件でただでさえ落ち込んでいるのだ。女子学生の態度にカチンときていた。

「ま、ボクらも知らないいんだけど～」

チラシを持った男子学生の方が、勇の表情を見てフォローをいれてきた。

「でも、せっかく大学生やってんだから、時間もお金もあるいまだからこそ、たのしいことしたいじゃない？」

勇が「二年」と名乗ったからだろうか、急に敬語をやめてフランクに男子学生は話しだす。ただ、その距離感の詰め方が、勇は少し苦手だった。そして、勇にはいま「時間」も「お金」もない。あなたたちといっしょにしないでくれ、というのが正直な感想だった。

「自由を謳うわが金田大学で、去年までどんどん制約が増えてきてたのは知ってる？」

勇は再び首肯する。それは知っている。理事長の娘婿が金田大学の運営を乗っ取ろうとしていたからだ。その圧政はルイーダやタダカンから聞かされていたし、圧政の首謀者追放に勇は一役買っていた。

「今年度になって、少しずつうちの大学は自由を取り戻してますけど、まだ学祭復活には至っていないんです」

真面目そうな女子学生が、熱弁してくる。だが、そもそも入学当初から不自由を感じていなかった勇にとって、学祭がないのも当たり前で、このふたりとは大きな温度差があった。

「学祭がある大学と、ない大学、どっちがいいですか？」

正直どちらでもよかった。しかし、二者択一を迫られてしまうと悩まずにはいられないのが勇という人間だ。

「え？　どっちが……」

ふたりからしたら「ない」より「ある」ほうがいいに決まっているという考えだった。当然、勇が「ある大学」と即答し、署名をさらりと書いてくれることが狙いだったのだろう。しかし、勇は普通の大学生ではなかった。筋金入りの優柔不断男なのだ。

「学祭が、ある、か、ない、か」

ぶつぶつと思考を「ある」「なし」で左右に振る勇。メトロノームのように勇の決断は「ある」「なし」を行ったり来たりする。

「ある……ない……、ある、ない……」

徐々にその往復が速くなり、署名を求めたふたりも不安な顔になってきた。「面倒なやつに声をかけてしまった」という表情だ。勇がぶつぶつ言い始めて五分が経つ頃、男子学生のほうが痺れを切らしてしまった。

「ま、すぐに答えが出ないなら、よく考えて、ね。チラシ、一応渡しておくから」

そう言うと、腕組みをしていた勇の胸元に無理矢理チラシをねじ込み、ふたりは足早にキャンパスの奥へと消えていった。ふたりが去ったことに勇が気づいたのはそれからさらに十分程度経った頃だった。

「あるなし、あるなし、うむむむ……ってあれ？」

残ったのは腕の中のしわくちゃのチラシだけ。勇は答えが出ないままではあったが、一応それを広げて読んだ。

【この大学には祭りが足りない】

【学割より学祭】

【そうだ学祭しよう】

どこかで見たことのあるフレーズをもじったコピーが、チラシに躍る。しかし、それらはどれも勇の琴線に触れることはなかった。勇が唯一気になったのは、裏面に書かれた【中止の背景】の一節だった。

【学祭中止の元凶と言われてきた行動研究会だが、それはとんでもない濡《ぬ》れ衣《ぎぬ》だった。大学当局はいまだ当該サークルの無実を認めていないが、行動研究会が過去にテロ集団と交流があった証拠などは一切出てこなかった】

——うちのサークルが、原因？

「元凶」やら「濡れ衣」やら「テロ」やら、物騒で不穏な文字が勇を不安にさせる。

――行研って、一体どんなサークルなんだ。

改めて勇は行動研究会に入ってしまったことを後悔していた。信憑性《しんぴょうせい》があるかどうかは別としても「中退サークル」と呼ばれる不吉なジンクスに加え、なにやら面倒なことにも巻き込まれていたらしい。大学をやめてしまう前に、サークルをやめてしまったほうがいいのではないかと勇は真剣に考え出していた。

――でも、そのためには、まず住む所が……。

当座の家賃どころか、引越し代すら捻出できそうにないいまの状況で、部室警備員をやめるという決断はなかなかに難しいことだった。

そのとき、ふと「同棲」という言葉が勇の頭に浮かんだ。自分でもなぜそのワードを想起したか不思議だったが、おそらくさきほどルイーダに聞いた鈴村の話からだろう。

――同棲……。

勇はひとつ屋根の下、ふたりで暮らしているところを想像していた。もちろん、いっしょにいるのは咲良美久だ。家事は半々。料理は当番制。でも、ベッドはひとつ。

「むはあ」

妄想するだけで、胸と顔が熱くなり、一瞬勇は息を吐くのを忘れてしまっていた。酸素を吸い込むと同時に、鼓動が速くなっているのがわかる。そのまま深呼吸に切り替えるが、なかなか興奮は冷めない。

――同棲のアドバイスとかもらえるかな。

面倒だと思っていた本日のOB来訪が、少し楽しみになってきていた。足取り軽く部室に戻る勇だったが、舞い上がっているせいで、鈴村が同棲相手と揉めていることをすっかり失念してしまっていた。


「いらっしゃいませ」

時計の針が九時をまわった頃、戸の外にひとの気配を感じて、勇は自分から来訪者を招き入れた。

開ける前に開いた引き戸の前で、驚き固まっているイケメンがいた。鈴村に間違いない。

「ルイーダさんから聞いてます。お待ちしておりました」

同棲指南が聞けると思い込んでいる勇は、鈴村を「おもてなし」するくらいのつもりでいた。

「あ、どもども～」

歓迎されていることに安心したのか、雑誌の表紙にでもなりそうな男前な笑顔を浮かべると、鈴村はするりと部室に入ってきた。

「これ、お土産～。ただで泊めてもらうのも悪いから」

鈴村は手に持っていた紙袋を勇に手渡した。これまでの流れから、ついお酒かつまみかと思ったが、袋の中からはほのかに甘い香りがした。

「くりまんアトムとこしあんウラン」

鈴村の許しをもらって箱を開けると、確かに鉄腕アトムとその妹ウランの顔が出てきた。

「駅向こうの『赤柳《あかやなぎ》』って老舗の。見た目はかわいいけど、味は本格派だから～」

鈴村は着替えなどお泊まりセットが入っているであろうリュックを椅子に置くと、自分も腰掛け、足を組んだ。その仕草ひとつひとつがスマートでさまになっており、勇はちょっと見とれてしまった。

「早速食べる？」

夕食は近くの牛丼屋で済ましてあったが、甘いものは別腹だ。勇は冷蔵庫から緑茶のペットボトルを取り出し、鈴村と自分の分をグラスに注いだ。

「アトムとウラン、どっちがいい？」

にこにこしながら、鈴村が訊ねてきた。ルイーダから聞いたに違いない。ここに来る中退者たちは、勇に二者択一をしなさいと命令でもされているのかもしれない。

「アトムはくりまんじゅうで、ウランの中身はこしあんでしたよね？」

再度中身を確認し、マンガの神さまが生み出したキャラクターの顔を、おこがましくも、勇はしかめっ面で睨《にら》みつけた。

「アトムか、ウランか」

アトムとウランは笑顔で勇を見返してくる。同じように、鈴村も楽しそうににこにこしながら、どうでもいい補足情報を提供してくる。

「ウランは妹だけど、親父はエタノールって名前なんだよ。アトム、ウランの父がエタノールって。急に理科の実験感あるよね～」

勇はアトムの父はお茶の水博士だと思っていたので、実際に父親ロボットがいるとは知らなかった。しかし、二者択一中でそれどころではない勇には「へえ」としか答えられなかった。

「アトムってさ、おしりから機関銃出るんだけど、じゃあ、その黒いやつズボンじゃないんかいって思わなかった？　あれがあるからアトムは裸じゃないって認識だったのにさ～」

勇がうんうん唸っている間、鈴村はアトム雑学をどんどん放り込んでくる。

「人間の善悪を見抜くチカラがアトムにはあるって知ってた？　でもさ～、善いひとか悪いひとかなんてアトムの立ち位置次第だと思わない？　アトムをつくったのが、あの独裁者の国だったら、アトムからみてボクらは悪人だもんね～」

十万馬力のロボットが自分を「敵」と認識したらと思うと身の毛がよだつ思いだ。その恐怖からか、思わずこしあんウランに手を伸ばしそうになる。

「あ、勇者くんは、やっぱり女の子がいいんだ～」

「へ？」

ぴくりと手をとめるも、鈴村は「気にせずどうぞ～」と勇にウランを勧める。それでも勇が躊躇《ちゅうちょ》していると、「なら」とアトムのほうをぱくりと食べてしまった。

勇もやっと選択肢がなくなったことにほっとし、ウランまんじゅうを食べた。あんこのなめらかな食感と、控えめな甘さが思わず頬を緩ませる。とても核燃料と同じ名前のものを口にしているとは思えない安堵感《あんどかん》だ。

「まだいくつかあるから、アトムはまた今度食べなよ」

鈴村はそう言うとリュックの中からシャンプーやコンディショナーなど、お風呂セットを取り出した。

「シャワー、先浴びていい？」

先輩より先に入るつもりはさらさらなかったので、勇は「もちろんです」と答えて、お茶のグラスを片付けることにした。

――同棲のことは、お風呂上がりに訊くか。

アトムｏｒウランで悩んでいたせいで、すっかり質問の機会を逸してしまった。時間はすでに十時過ぎ。明日のことも考えると、就寝前のワンチャンを狙うしかない。

ぴったりとしたボクサーパンツ一枚の姿で出てきた鈴村は、男の勇でも息をのむビジュアルをしていた。

バランスのとれたプロポーション。手足は長く、引き締まった身体に、適度な筋肉。腹筋だけはしっかりとシックスパックになっており、いわゆる細マッチョな肉付きをしていた。

顔だけイケメンというわけではない鈴村を見て「こりゃモテるわ」と勇は感嘆するしかなかった。

「勇者くんも入ってきたら？」

鈴村の声にはっとし、勇もシャワーを浴びることにする。鈴村が持ってきた高そうなシャンプーやコンディショナー、ボディソープなどが置いたままだった。

「あ、それ、使っていいからね〜」

外から鈴村の声がした。勇は遠慮なく使わせてもらう。普段はサンプル品などを使ったりし、なるべく洗髪剤を節約していた勇はここぞとばかりに、頭からつま先まで洗いまくった。

シャワー室から出ると、そこは鈴村の持ってきたコンディショナーの匂いで包まれていた。ひとつ屋根の下で寝ようというふたりが同じ匂いを発しているというのは、なんだかとても淫靡《いんび》な印象を受けた。

——同棲するってこういうことなのかな？

勇は、美久と同じ匂いに包まれている状況を想像する。それだけでドキドキし、風呂上がりということも加わって、身体が一層火照る。

「ボク、お風呂上がり、お手入れに時間かかるから、先に寝てていいよ～」

シャワー前に勇が準備しておいたマットレスを指差し鈴村が言った。その顔は紙製のパックで覆われていた。

「二十代も後半に入ると、お肌も気をつけないとね～」

男がお肌の手入れなどして何の意味があるんだと思っていた勇だったが、ベースがイケメンの鈴村でさえ日々の努力を欠かさないのだ。元が普通の優柔不断男が何もしない、では追いつけるはずもない。

「イケメン格差だ」

心の声が漏れてしまう。「え？」と鈴村が振り返るも「なんでもないです」と勇は愛想笑いでごまかした。

「それはそうと、俺は長椅子で寝ますんで、鈴村さんはマットで寝てください」

部室にあるマットレスはビッグサイズではあったが、クイーンやキングが寝るようなものではなかった。男ふたりが寝るには窮屈感は否めない。

「椅子でなんか寝れないでしょ。ボク、寝相いいから、いっしょに寝よ～」

パックをはがし、今度はなにやらとろりとした白い液体を顔につけながら鈴村は言った。

確かに、鈴村は細身だし、横を向いて寝れば、ふたりで寝れなくもない。木製の固い椅子で寝不足になるくらいなら、いっしょに寝るのもありか。ついでに、同棲の話も横になって聞けばいい。友だちのいなかった勇に、修学旅行の夜の思い出はなかったが、枕を合わせて語り合うのは「お泊まり」の醍醐味のような気もしてきた。

「じゃあ、お言葉に甘えて」

勇は先にマットの右半分に横になった。しばらくすると、お肌の手入れとストレッチを終えた鈴村が左半分に乗ってくる。床に直置きのマットがぎしりとひずむ。

「勇者くんから、ボクと同じ匂いがする～」

背後から鈴村の声。後頭部に直接吐息がかかっている。どうやら、鈴村は背中合わせではなく、同じ方向を向いて横になっているらしい。経験したことのないパーソナルスペースの侵食に勇は少々居心地の悪さを感じつつも、同棲のことを訊くチャンスだと、背後の鈴村に向けて質問を投げかけた。

「同棲ってどんな感じですか？」

「え？」と一瞬質問の意味を把握しかねていた鈴村だったが、すぐに答えは返ってきた。

「う～ん、一言では難しいけど、強いていうなら、いまみたいな感じ？」

「え？」

今度は勇が鈴村の発言の真意を把握しかねていた。

「つまり、いっしょの匂いをさせたふたりが、いっしょに寝るって感じ～」

勇は、背後に居るのが美久だと想定してみる。うなじにかかる彼女の吐息。距離が近づけば触れる胸部の膨らみ。手がすっとまわってきて、うしろから抱きしめられる勇。妄想を膨らましていると、何たることか、勇の中心部もやおら膨らみはじめてきた。

——うおっと。おいおいおい！　ヤバいから。

自分の中心に必死の制止をかける勇。しかし、その努力の必要もなく、勇の怒張は一気にクールダウンすることになる。おしりに何か硬いものを感じたからだ。それが何だか勇にはわからない。アトムのおしりのマシンガンが頭に浮かぶも、そのイメージはすぐに振り払う。そして、気づく。それが自分にもついているもので、いまのいま、同じように硬くなっていたものだと。

「あ、あの、鈴村さん？」

振り向こうとすると、がしと後ろから抱きしめられる。決して太くない腕だが、その力は簡単にふりほどけるものではなかった。

「そうか～、ルイさん勘違いしてんだ」

ルイさんとはルイーダのことだろうか。そして、一体何を勘違いしているというのだろうか。そう勇は思いつつも、いまはこの状況こそが自分の勘違いであってほしいと強く願っていた。

「ボクが喧嘩《けんか》した同棲相手って男なんだよね～」

――ウソでしょ。

勇が恐れていた最悪の状況だった。羽交い締めも、おしりに当たるマシンガンも、先輩によるタチの悪い冗談、ではなく、勃《た》ちのよい本気だったのだ。

「あれかな～、昔は女の子ともよくつきあったりしてたから、ルイさん、ボクはそっちだけって思っちゃったのかな～」

勇の耳に囁くように鈴村は話しかける。ぞくぞくと首筋から全身に鳥肌がたっていくのがわかる。

「ボク、女子でも男子でもどっちでもいいんだけど、一日一回は誰かとシないとダメなんだよね～」

「何を？」と訊き返す勇気は勇にはなかった。訊いてしまって、その答えが返ってきた瞬間が、「ナニ」の始まりの合図になってしまう気がしていたからだ。

「ねえ、勇者くんは、こっちは初めて？」

慈愛に満ちた穏やかな声が、逆に怖い。さらに強く押し当てられる硬いものがさらに熱を帯びてきて怖い。

——こっちどころか、あっちもそっちも、全部初めてだよ。

そう叫びたい衝動を必死に抑える。変に鈴村を刺激するのは得策ではない。何が彼の性的欲求に火をつけるかわからないからだ。

まだ鈴村が助走中であることを信じ、そして、アレを同棲先から持ってきていないことを祈り、賭けの一手に出た。

「あの、鈴村さん、ゴム、ちゃんと持ってきてます？」

「あ〜、そいえば」

その瞬間、鈴村の腕の力が緩んだ。チャンスとばかりに、ふりほどき、勇はジャンプでマットから飛びのく。

「じゃ、俺、買ってきますよ」

財布の入ったリュックを掴み、部室を出る。後ろから追いかけてこないか不安でしょうがなかったが、追いかけてきたのは「極うすね〜」という鈴村のオーダーの声のみだった。

とりあえず地下鉄の駅前まで走った。コンビニに入り、一応コンドームが置いてある棚の前に立つ。

——いや、ほんとに買ってどうする。

そう自分にツッコミをいれつつ、なぜだか勇は「極うす」タイプを手に並んでいた。

コンビニを出て思わず空を見上げる。十五夜だったのか、満月がひときわ大きく輝いている。そのとき「ブブブ」とスマホが震えた。見ると、美久から画像が送られてきていた。満月の写真だ。

【月がキレイだね】

文学部生の勇は思わず夏目漱石を思い浮かべてしまい、どきりとするが、リアルにキレイな月を前に、このコメントは至極素直なものだ。勝手に妄想を広げるのはやめようと、心を落ち着かせる。

【知ってる。いま外だし】

部室とは逆側に歩きながら、そうコメントを返す。

【こんな時間に?】

すぐさま美久から疑問が。確かにもうすぐ日付が変わる時間だ。

【先輩に寝床占領されちゃって】

咄嗟に勇はウソをついた。おしりを侵略されそうになっちゃって、とは口が裂けても、いや指が折れても、打てないメッセージだ。

【かわいそう】

涙を流したうさぎのスタンプ。十五夜だからだろうか。

【大丈夫。まだ夜はそんなに寒くない】

意味のわからない強がりを送る勇。もうすぐ残暑も終わる頃、公園で野宿したらさすがに風邪をひくだろう。

【ウチくる?】

勇はスマホ画面を二度見した。【ウ】と【チ】と【く】と【る】の文字がバラバラに目に飛び込んできて、意味のある言葉にならない。混乱する頭を整理して、もう一度立ち止まってしっかりと声に出して、そのコメントを読む。

「う、ち、く、る?」

もし、勇の持っている常識が、世界のすべてのひとの非常識ということになってないとすれば、これは美久からのお誘いである。カモナマイハウスである。そして、いまこの瞬間に、時間神クロノスは今日を昨日にしてしまった。こんな時間に女子の家に行くことの意味がわからない年齢ではなかった。

【いいの?】

いますぐ行きたい気持ちを抑え、確認のコメントを送る。【ＯＫＡＹ】とうさぎのスタンプ。十五夜は関係なかった。単に美久はこのスタンプを気に入っているだけのようだ。

【じゃ、イク】

慌てて手元が狂ったのか、【行く】がカタカナ変換で送られてしまった。死ぬほど恥ずかしいミスだが、これはスルーされた。FINEで位置情報が美久から送信されてきた。どうやら、電車に乗らずに行けそうな場所にある。

勇は歩いた。月明かりの下を。鈴村のことも、部室の鍵を置いてきたことも、自分が部室警備員というバイトであることも、すべてを忘れて。ただ、美久のことだけを考えて、彼女の家を目指した。

昔の話は、やめておけ

勇の足はすでに感覚を失っていた。

部室の床は直接正座するには少々固すぎた。なんとかつま先にも血を通わせようと気づかれないように足を崩そうとした瞬間、頭上から怒号が降ってきた。

「勝手に動くな！」

「ひっ」と肩をすくめたのち、そうっと見上げると、いまだ怒りの表情を崩さないルイーダの顔がそこにあった。

――怒ってても、美人なんだな。

勇はどこか他人事だった。自分がいま正座させられている理由も、怒られている理由も、頭と身体では理解はしていたが、心が反省に傾くことはなかった。勇のハートはただひとりの女性にまるっと盗まれてしまっていたからだ。

目が覚めると、勇は何も身に着けていなかった。しかし、仰天してベッドから飛び起きるほどの衝撃はなかった。ぼんやりとではあるが、そうなった経緯は記憶に残っているから。

「あ、起きた？」

キッチンの方から美久の声がする。勇は下半身が露にならないように布団で隠しつつ上半身だけ起こして「おはよう」と挨拶をする。

「結構、飲んじゃってたけど、ちゃんと覚えてる？」

背中を向けたまま美久は勇に訊ねた。円いローテーブルのそばには、ゴミ袋いっぱいにビールやチューハイの空き缶が入っていた。

「うん、大体」

思いきりウソをつきながら、勇は布団の中を足でごそごそと探索する。

——あった。

パンツ発見。勇はそれを穿《は》き、お猿さんから人間へと進化する。

「なら、よかった」

美久がむこうを向いている間に、勇は床に落ちているTシャツを拾おうとした。そして、そこであるものを見つけてしまった。

——あ、ゴム。

コンドームの箱だった。勇が昨夜ついコンビニで買ってしまったものだ。封は開けられている。Tシャツを着るより先に勇は中身を確認する。

——いち、に、さん、し、ご。

箱には六個入りと書いてある。六引く五。小学一年生の算数だ。「勇くんはコンドームを六個持っていました。次の日、五個残っていました。何個使ったのでしょうか」。一個という数は重要ではない。使ったという事実こそが勇にとって一大事だった。

——俺、卒業したんだ。

勇は不思議な解放感と達成感に包まれていた。いつかは、と思っていたが、その日は突然やってきた。卒業は三月と決まっている日本の学校とは違う。むしろ、この唐突感は中退に似ている。

——「童貞中退」は、なんかこじらしてる響きがあるなぁ。

言葉の持つイメージの悪さに、やはり「卒業」で、と思いなおす勇。コンドームの箱はリュックにしまい、ズボンを穿く。これでようやくベッドから出られる格好になった。

「勇は、赤味噌じゃないとダメだったかな?」

美久がお盆にお椀《わん》をふたつ載せてリビングに戻ってきた。ふわりと味噌と出汁《だし》のいい匂いが鼻をくすぐる。「そんなことないよ」と勇が答えると、美久は「よかった」と合わせ味噌でつくったという味噌汁をテーブルに並べた。

「飲んだ次の日の、お味噌汁って沁《し》みるよね〜」

勇も遠慮なくいただく。胃がほっとするのがわかる。そして、起きてからもずっと鼓動の速かった心臓が、やさしく撫でられているような気がする。

「うれしい」

心の底から出た言葉だった。勇はいま全身で歓喜していた。

「なにそれ？　おいしいじゃなくて」

美久はそう言って笑った。化粧っけのないその笑顔がまた勇には愛《いと》おしかった。

「今日はどうする？」

キッチンでお椀を洗っている美久に訊かれ、勇は「どうしようかな」とつぶやいた。

このまま、美久の家に転がり込んでしまうのはどうだろうか。大学を中退してしまうジンクスのある怪しいサークルなんかやめて、部室警備員もやめて、美久と同棲生活をはじめるというのも悪くない。いや、悪くないどころか、それがベストな選択な気がしていた。超がつくほどの優柔不断男である勇が、生まれて初めて、自信を持って人生を選び取れた瞬間だった。

——そうと決まれば……。

まずは、部室に戻って荷物をまとめなければ。ルイーダにも話をつけなければいけない。勇は立ち上がり、「部室に戻る」と美久に告げた。

「帰っちゃうの？」

そう寂しそうに美久は振り向いたが、勇は笑顔で「大丈夫」と答えた。そのあとに続く気持ちを言葉にはしなかったが、美久には伝わっているはずという確信が勇にはあった。

――これからはずっといっしょだよ。

美久のマンションから出た勇の目に太陽の光が差し込んでくる。まぶしいとは感じなかった。いま自分の方が太陽よりも輝いている自信があった。多幸感からくる万能感。ラスボスだって一撃で倒せるくらいの無敵感が勇を昂揚《こうよう》させる。

――誰にも負ける気がしない。

それが単なる錯覚に過ぎないことを、足取り軽く帰った部室でルイーダに出会った瞬間、勇は気づかされた。

「で、もう一度訊くけど、なんで部室の鍵を置いたまま、どっかいっちゃったの？」

腕組みをしたルイーダが勇を見下ろしながら問い質《ただ》す。

「だから、鈴村さんに襲われたからって何度も言ってるじゃないですか」

勇が部室に戻ると、そこに鈴村の姿はなく、代わりにエプロン姿で仁王立ちしているルイーダが居たのだ。

「あの女好きが、なんで男の勇者くんを襲うのよ。ありえないでしょ」

ルイーダは鈴村の本当の性的指向を知らないようだ。鈴村はサークルでは隠していたのだろうか。それか、そもそも、あの流れ自体が勇をからかうための芝居だったのだろうか。

――いや、でも、あそこ、がっちがちだったし。

演技で自在に硬くできる特技の持ち主だとしたら、逆に鈴村を尊敬する。勇は、言い分に耳を貸してくれないルイーダをどう説得すればいいのか、考えあぐねていた。

「わたしが朝ここにきたときには、マッキーは居ないし、勇者くんも居ないし、鍵は開けっぱだし。何か盗まれでもしたらどうするつもりだったの！」

きつい口調でルイーダは勇を責め続ける。

「で、でも、そろそろ現役生がここ使う時間ですし……」

鈴村だって朝イチに出て行ったわけではないだろう。さっきまで部室に居たのだとしたら、現役生が使い始める九時までの間、たとえルイーダがこなかったとしても無人の時間はそんなにはないのではないだろうか。

「現役生はここにこないわよ」

さらりと言い放つルイーダに、勇は「え？」と訊き返さずにはいられなかった。

「どういうことですか？」

「じゃ、逆に訊くけど、勇者くんはここで現役生と会ったことあるの？」

勇は今年の一月からのことを思い出してみる。部室警備員を始めたのが冬休み中だったことから、部室に誰も寄り付かないのを特に不思議には思っていなかった。しかし、大学が始まっても、年度が変わっても、言われてみれば、勇はここで現役のサークル会員と会ったことがない。

「俺が、講義やバイトで居ない間に使っているもんだと」

至極当然に思えるその可能性も、ルイーダは「ありえない」とばっさり斬り捨てる。

「大学当局に一度ここを没収されたときに、代わりに学生会館の一室をあてがわれたのよ。いまの現役生の子たちはそっちが気に入っちゃって、ここはもう使ってないの」

勇は意味がわからない。では、このシャワー・トイレ・キッチン付きで無駄に立派な部室は一体誰のためにあるのだ。そもそも現役生が使っていないのなら、大学から取り返す必要はなかったんじゃないのか。

「この部室は、行研の存在意義であり、歴史であり、この大学の自由の象徴でもあるのよ」

「そんな。それじゃ、まるで有形文化財みたいじゃないですか」

勇の半ば皮肉った発言に、ルイーダは鋭く反応した。

「そう！　まさにそれ！　ここは保護すべき文化財に等しいの」

散らかっていて、薄汚れていて、夜は中退したOBたちのたまり場になってしまうこの部室が文化財。勇はルイーダの意見にまったく同意することができなかった。

「だから、勇者くんに警備員をやってもらってるの」

「いや、昔、現役生とOBとの間でトラブルがあったからじゃないんですか？」

工藤に聞いた話を思い出し、ルイーダに問い質す。

「そう、それもある。夜しかOBがここに入れないのはその名残。現役生が使わなくなったいまでも、それは厳密に守る必要があるの。だって、あいつがまた来るかもしれないから」

「あいつって、高橋さんのことでしょ」

ストーキングが原因で部室出禁をくらった高橋は、確かにもう来てほしくない人物ではあった。

「ん？　馨はいいわよ、実害はそんなにないから」

「どうでもいい」とでも言いたげに、ルイーダは居もしない虫を払うようにひらひらと手を振った。

「じゃ、あいつって？」

「あいつは、あいつよ。その名を口にするのも腹が立つからイヤ」

虫嫌いの勇が「ゴキブリ」をその名で呼ぶのも気持ち悪いことから「G」と暗号化し

ているのと同じだろうか。ルイーダは、その人物を固有名詞で表現することを断固として拒否した。

「そのひと、一体なにをしたんですか？」

すでに正座した足は限界をとうに超えて、自分の一部ではなくなってしまっていたが、勇はそのままの姿勢で訊ねた。

「ここを中退サークルにした張本人なのよ、あいつは」

いつもクールなルイーダが、ここまで怒りの感情を維持しているのを初めて見る。最初は勇に対して向けられていた激しい感情は、いまや件《くだん》の「あいつ」一点に集中している。

「ジュンクマとか、クドケンは何も言ってなかった？」

勇はふたりから聞いた話を反芻《はんすう》してみるが、特に「あいつ」らしい謎の人物は登場してこなかった気がする。

「まあ、あのふたりは素直に言わないかもね。ボッシーは？」

ボッシーこと諸星の話の中に出てきた人物と言えば、思わせぶりな仕草で諸星を弄んだ女性だけだ。

「そいつよ、あいつってそいつのこと！」

――どいつだよ。

指示代名詞が連発され、結局どのひとを指しているのか、一瞬わからなくなる。

「ボッシーが騙《だま》されたのも、馨がストーキングしてたのも、同じやつ。ジュンクマもクドケンもそいつとつきあってたんだから。ちなみに、マッキーもね」

勇は驚いた。これまで部室に訪れた中退者の先輩たちにそんな共通点があったとは。ただ、サークル内恋愛というのは極々自然なことだと聞いたことがある。Aさんと別れたあと同じサークルのBさんと、なんてのは別段めずらしい話でもない。

「言っとくけど、それみんな同時だからね」

「ええ!?」

さすがにそれはめずらしい。勇はルイーダの話で高橋の悔しそうな顔を思い出していた。

——確か、六股かけられてたって言ってなかったっけ。

ストーカーをするような異常愛を持った人物の言うことなので、盛っているのだろうと半信半疑で聞いていたが、どうやら事実だったようだ。そして、その六股の他の相手が仲の良いサークル仲間たちとは。

「なんか、ひどい話ですね」

勇は、高橋に、そして、その他の先輩たちにも同情していた。

「色恋で揉めるだけなら勝手にしろって話なのよ。でも、この話は、ひどい、で終わるほど甘くなかったの」

ルイーダはさらに顔を険しくさせて語り始めた。勇は「足、崩していいですか」と言い出せなかったことを猛烈に後悔していた。この話が終わる頃には、勇の足は使い物にならなくなっているかもしれない。

「最初に気づいたのは馨だったの」

勇を床に正座させたまま、自分はゆっくりと椅子に腰掛けるルイーダ。「ずるい」と思いつつ、高さ的にルイーダのスカートの中が見えてしまいそうで、勇は何も言い出せなかった。

高橋は部室に青熊や工藤、諸星を集めて尋問した。鈴村を呼ばなかったのは、彼が一コ下の後輩ということと、ひとりだけモテレベルが違ったので、女性がらみで対等じゃないと判断したのかもしれない。

それぞれに自分だけの彼女と思い込んでいたわけだが、相手の特徴を訊いていくと、高橋の予想していた通り、同一人物であることはすぐに判明した。

サークル入会時から仲のよかった四人なのだから、まず六股をかけていた彼女を共通の敵とすべきだったのだ。しかし、彼らは自分こそ本命の彼氏だと信じて疑わなかった。

「おまえが別れろ」「彼女は俺のだ」と互いに一歩も譲らなかった。結果、四人の関係は転がるように悪化していき、彼らの先輩で、当時幹事長だったルイーダが気づいたときには、もはや修復不可能なほど険悪なものになってしまっていた。

しかも、タイミングの悪いことに、彼らはみな、ルイーダが信頼し、サークルの次期運営役員に任命されたばかりだった。行動研究会を受け継ぎ、協力しあって盛り上げていくべき人間が、顔を合わせれば文句の言いあい、罵りあい。ひどいときは青あざのふたつ、みっつつくるような取っ組みあいにまで発展していた。

「カンダタが毎度仲裁に入ってなかったら大怪我《おおけが》してたかもしれないのよ」

ルイーダは、勇のバイト仲間でもあるタダカンのことを「カンダタ」とゲーム内のキャラ名で呼ぶ。大盗賊ではなくヤンキーだった彼が、腕力を以《もっ》てケンカを諌《いさ》めてくれていたことを心から感謝しているようだった。

「もし、カンダタまであいつの魔の手にかかってたらと思うと、ゾッとするわ」

ルイーダは腕を抱いて当時を振り返る。いまさらだが、勇はタダカンも行動研究会に所属していたことを思い出す。バイトが忙しくて部室には顔を出さないと言っていたが、かつてここが活動場所だった頃は部室にも来ていたのだと知った。

「しかも、あの子らが役員をやる年は、うちが学祭の運営主幹になることになってたの」

ルイーダの回想は続く。そして、話はどんどん大きくなる。

「学祭の運営とかもしてたんですか？」

現在金田大学には学祭がないらしい。元々学生のお祭りのために休講措置をとられることに不服だった教授たちを大学側が束ね、強行的に中止に追い込んだとタダカンに聞いたことがあった。

「ええ。でも、サークル内めっちゃくちゃの状況でしょ。運営を手伝ってくれる他のサークルも不安がっちゃって。ただでさえ、大学当局は学祭をなくす理由をほしがってるときだったし、うちをはずそうって話になったの」

しかし、結果として運営主幹が行研から他のサークルに移る前に、もっと大きな事件が起きてしまった。それが「プロ市民事件」だとルイーダは言った。

「金田大学のそばに、善良な一般市民を装ってデモとかの活動を行う政治組織が昔からあってね。うちのサークルがそことつながってて、学祭の運営資金もそこに流れてるって噂がたったのよ」

根も葉もない噂に動揺するほうが怪しまれると、堂々としていたことが逆に仇《あだ》となったとルイーダは言う。痴情のもつれでばらばらになったサークルに対して立った政治組織とのつながりの噂は、口の端に上るたびに信憑性を増して、伝聞されていった。噂が学外にまで漏れ聞こえるようになった頃には、立派な「真実」として語られていた。

「それで、学祭のスポンサーたちがみんなおりるってなっちゃって。どうにもこうにもならなくなったときに、王手とばかりに当局が『無期限中止』を言い渡してきたのよ」

当時の悔しさを思い出しているのか、ルイーダがぎゅっと唇を噛《か》み締めている。

「わたしは、その責任をとってサークルをやめ、なんだか、めちゃくちゃ腹も立ったからそのまま大学もやめてやったの」

「え？　ルイーダさんも大学中退だったんですか!?」

勇は初耳情報に驚愕した。しかし、その驚きようを見てルイーダの方がびっくりしている。

「ええ！　何、そのリアクション。わたし、言ってなかったっけ？」

ルイーダはここで初めて顔をほころばせた。目を丸くした勇の顔がよっぽどおもしろかったのだろう。

「はは。ごめんごめん。わたしが中退者なんて、みんな知ってることかと思ってた。そうだよね、勇者くんが知るわけないよね」

どうやら、この行動研究会が「中退サークル」と呼ばれる最初のきっかけはルイーダだったようだ。その後、役員を辞退した青熊たちも、すでに話に聞いていたようにそれぞれの理由で大学をやめてしまった。一時期に連続して発生した中退者の数の多さと、学祭中止の原因とされた汚名があわさって、ここは「入ったものが中退者になる」という不吉なジンクスを背負わされることになってしまったのだ。

「でも、ルイーダさんは、生協職員として大学に戻ってきたんですよね」

赤いエプロン姿のルイーダを見て、勇はその真意を訊ねた。

「うん。わたしのせいで、サークルの後輩たち、いや、大学の下の子たちからたのしいお祭りを奪っちゃったのはなんか申し訳なくてね。学生じゃないけど、なにかチカラになれないかなって」

初めて聞く「生協のルイーダさん」誕生秘話。勇はルイーダがお節介なほどに面倒見がいいのは、贖罪《しょくざい》の気持ちもあったからなのだと思い至った。

「すみません。そんな経緯があったとは知らず、大事な部室をほったらかしにして」

すでに石のように固まった腿《もも》に拳を載せ、勇は改めて心からルイーダに謝罪した。

「もういいよ。なんか話したらスッキリしちゃった。こんなに怒ったのは久しぶりだよ。なんか半分八つ当たりみたいになっちゃって、こっちこそごめんだったね」

ルイーダはそう言ってやさしく勇の頭を撫でてくれた。

「お詫《わ》びにお昼おごってあげるよ。味珍でも行く？」

おごりと聞いて顔をパッとあげるが、「味珍」はちょっとと思いとどまった。美久との初デートの場所に、ルイーダとはいえ、他の女性と行くのはダメな気がしていた。

「あの、俺、今日、ラーメン食べたいです」

「あ、そうなの？　じゃ、『天下逸品』行こうか」

「あざっす」

それでは早速とルイーダは部室を出ようと戸に手をかける。勇はルイーダに待ったをかける。

「すみません、ルイーダさん。立てません」

「ん、なに?」

勇の二本の足は、かっちかちに固まり、機能不全に陥っていた。


——ラーメン、うまかったな。

ルイーダおすすめの「天下逸品」はチェーン展開の店らしかったが、ルイーダ曰《いわ》く「ここのがいちばん濃い」とのことだった。粘度の高いこってりとしたスープは確かに中毒性十分。勇は食べ終わった瞬間から、次いつこようかと思いを巡らせたほどだった。

ルイーダと別れ、部室に戻る勇。

——そういえば、この時間に部室に行くことなんてなかったな。

平日の日中はバイトか講義をいれているのが当たり前だったし、たまに空き時間があっても図書館で時間を潰したりしていた。現役仲間が部室でたのしく語らっているかと思うと、その輪の中に入る勇気が勇にはなかったからだ。

——でも、実際部室はこの時間ずっと無人だったわけで。

それならそうと早く教えてほしかったな、と勇は不平をもらす。ただ、それはそれであの広い部室でだらだらと無為な時間を過ごすだけだったろう。ルイーダの判断は結果的に正しかったと言える。

「ん？」

部室の前に誰か立っている。それが誰だか勇にはすぐにわかった。一晩を共にし、今朝もふたりでお味噌汁をすすりあった仲の女性だ。

「美久さん！」

たまらず駆け寄る勇。実は、ルイーダの話を聞いていたときから、美久のことがちらちらと頭に浮かんでいたのだ。六股をかけるような最低女が世の中にいる一方、美久のような素晴らしい女性もいる。先輩たちの悲惨な話を聞けば聞くほど、自分は幸せなんだと勇は嚙み締めていたのだ。

「ちょうどいま会いたいと思ってたんだ」

勇は美久の目の前に立ち、そのぷっくりとしたかわいらしい唇から「わたしも」と返ってくるのを待った。しかし、美久の口から発せられたのは、そんな甘いセリフではなかった。

「お昼、いっしょに食べてたの、誰？」

「はい？」

勇はぎょっとする。勇がひとりじゃなかったことを美久が知っていることにも、いつもより一オクターブ低い声にも。

「いや、えと、ル、ルイーダさんってひとと、だけど」

責められている気配がして、なぜか勇はしどろもどろになってしまう。何もやましいことなどしてないはずなのに、さきほどまでの自分の行動を脳内で巻き戻してみる。

「なんで他の女とごはん食べてんの！」

美久の語気が一気に荒くなる。その勢いに勇は思わず一歩たじろいでしまう。

美久の表情は、恋で盲目状態になっている勇ですら可愛いと評することができないほど、ひどく歪んでいた。

美久の機嫌を直すにはどうしたらいいか、勇にはその方法が思いつかない。そもそも、美久の怒りの理由もいまいちピンときていない。

――やきもち？

だが、勇の辞書にある【やきもち】は、もっと漫画的イメージだった。ほっぺたを膨らませて、「もう！」とか「わたしだけを見て」とか言っているのが勇にとっての「やきもち」中の女性の具体例だ。美久のこの様子はそんなかわいらしいものではなかった。

とりあえず、ずっと立ったままというわけにもいかない。勇は部室の鍵を開け、中で話そうと提案した。

「いや！　もうここには入らないって決めたの」

そう言うと美久は、両手で勇を突き飛ばすと、駆け出して行ってしまった。

「み、美久さーん」

尻もちをついてしまった勇はすぐに美久を追いかけることができない。立ちあがったときにはすでに美久の後ろ姿すら見えない。

「どうしよう……」

部室前でただ途方にくれる勇。恋愛経験のない勇にとって、デートしたり、キスをしたり、朝帰りをしたり、すべてが初体験だった。当然、愛する女性を怒らせてしまうのも初めてのことだ。いまの自分のレベルでは解決できそうにない難題に、ただただ思考停止して立ち尽くすしかなかった。

「勇、どした？　ぼーっとして」

聞き慣れたその声に、勇は「救世主降臨」並みの感動を覚えて振り返る。

「タダカンさん！」

そこには行動研究会現役会員でありながら、普段は部室に寄り付かないはずの九年生の先輩が、【一期屋《いちごや》】とプリントされた紙袋を提げて立っていた。

この恋は、やめておけ

どろりこってりとしたラーメンを食べたばかりの勇だったが、目の前でタダカンが食べているハンバーガーを見ると、途端におなかが空いてきた。

ベーコンやピクルスがバンズからはみ出た豪快なバーガーを、がぶりがぶりとワイルドに食すタダカン。勇は唾をごくりと飲み込みながら、先輩の食事が一息つくまで黙って待つことにした。

「ふぇ、ぜらふぃーが、ふぁんだって？」

口いっぱいにバーガーを詰め込んだまま喋っているので、タダカンの発言はメモするのを失敗した復活の呪文のように勇には聞こえた。

「で、ジェラシーが、なんだって？」

口中のものをごくりと食道に運んでから、タダカンは言い直した。

「ジェラシーっていうとなんか違うっていうか……」

ちょっとした言葉のニュアンスの違いではあるが、勇は美久の反応を「嫉妬」と定義してしまうことに抵抗があった。

「なんでだよ、いっしょだろうが」

タダカンにはそういう機微というか繊細な部分は理解できないようだった。

「勇がルイーダの姐さんと飯くってるところを、彼女に目撃されて、『あの女何よ』ってジェラったたって話だろ」

以上、前回のあらすじでした、と言わんばかりに簡潔にまとめたタダカン。概《おおむ》ねその通りなのだが、やはり細かな部分への理解が足りていない。

「彼女じゃないです……まだ」

もごもごと訂正する勇。

「なんだよ、まだつきあってなかったんかよ。でも、今度こそシたんだろ？」

タダカンはがっつりボリューミーなバーガーを食べ終わったかと思うと、次の包みに手を伸ばしていた。開けると、そこからチーズの香りがぶわっと立ち上る。その匂いにむせ返りつつも、勇はこくりと首だけで返事をした。

「おお！　ついにヤったたな！　おめでとう、勇。え〜と、なんもあげるもんねーなって、じゃあ、これ食え」

いま包みを開けたばかりのチーズバーガーをタダカンは突き出してきた。

「その名も、『元気チーズバーガー』。童貞卒業にはぴったりだろ？」

どういう意味でぴったりなのかは訊かないでおいた。そして、もちろん満腹状態であっても、もらえるものは何でももらうのが勇という男だ。

「元気でるうまさですね」

タダカンほどに男らしくはいけないが、勇も大きな口で豪快にハンバーガーにかぶりついた。ソースがびゅびゅっと机に飛び散ったが、気にしないことにした。

「だろ！　いや、それにしても、勇もこれで男か～。で、その女に嫉妬されるとか、青春じゃんか」

後輩の成長を心から喜んでいるタダカンは、勇がチーズバーガーを食べるのを、うんうんと満足そうに頷きながら眺めている。

「いや、だから彼女じゃないんですって」

「わかった、わかった。まだ、な。でも、勇の惚れた相手を、その女って呼ぶのもなんか気がひけるわ。名前はなんてーの？」

勇はチーズバーガーを食べ終わり、ウェットタオルで手を拭きつつ、照れながら美久の名をタダカンに告げた。その瞬間、タダカンの顔からさきほどまでの笑顔がさっと消えうせた。笑顔だけでなく、血の気までいっしょにひいてしまったように、タダカンは青い顔になっていた。

「勇、いま、おまえ、咲良美久って言ったか？」

その名を聞いたものは三日以内に死ぬ、という都市伝説でもあるのかと思わせるほど、タダカンの顔は恐怖に引きつっていた。

「はい。良く咲き、永久《とわ》に美しくって書いて、咲良美久ですけど……」

タダカンは、勇の説明を聞き、頭の中で漢字を思い浮かべているようだ。そして「間違いないかぁ」とつぶやくと、頭を抱えてしまった。

「ちょ、ちょっと、タダカンさん。一体どうしたんですか。美久さんのこと知ってるんですか？」

美久との出会いは行研の新歓コンパではあったが、その後、美久が行研に入った様子はなかった。連絡先は交換していたし、別にサークルで会わなくてもいいかと勇は思っていたので、本人に確認もしていなかった。

――実は入会してて、新部室のほうには通ってたとか？

勇がその存在をまったく知らなかった現在の部室。そちらで美久はタダカンと知り合ったのだろうか。

「勇、おまえ、美久のこと、いくつに見える？」

「は？」

質問の意味もわかりかねたが、タダカンがさらりと美久を呼び捨てにしたことも勇には気になってしまった。自分もまだ「さん」付けの状態から先に進めていないというのに。

「お酒飲んでたし、普通に二十歳とかじゃないんですか」

少しイラついた声で勇は答えた。

「マジかよ。いまだ、その見た目キープしてんのか。ある意味化けもんだな」

タダカンは独り言のように言い放つと、覚悟を決めた顔をして、勇に向き合った。まるで医者が患者に病名を告げるときのような、思いつめた表情だった。

「あのな、勇。美久は、俺や姐さんの先輩なんだよ」

「え?」

タダカンのインフォームドコンセントは勇にまったく届かなかった。合意などできるはずもない。現役生と、いや、まだ高校生だと言われても信じてしまう容姿の美久が、九年生のタダカンの先輩とは。

「タダカンさん、何言ってるんですか」

タダカンは、「信じられないのもわかる」と前置きした上で、再度念をおすように、同じ告知をしてきた。

「それでもあいつは俺たちの先輩で、いま、たしか三十だ」

お世話になっているタダカンのことを疑いたくはなかった。しかし、美久が三十路《みそじ》だなんて、到底信じられる話ではなかった。

「なんで、そんなウソをつくのか説明してください」

タダカンに対してケンカ腰になってしまっている自分に気がつく。申し訳ない気持ちはありつつも、勇はその態度を改めることはできなかった。

タダカンは、そんな勇を見て「おまえもか」とため息をついた。

「美久に夢中になるとみんなそうなるんだよ。あいつらもそうだった。会ったんだろ、純一とか健にも」

タダカンの口から行動研究会ＯＢの名前が出てきて、勇は面食らう。

「なんで青熊さんたちがここで出てくるんですか」

現在の行動研究会とつながりのあるタダカンならわかるが、とっくの昔にサークルも大学もやめてしまった中退者たちの名が挙がる意味が勇には理解できなかった。

「聞いてないか？　あいつらがひとりの女を取りあったって話」

勇は確かにその話を聞いていた。ついさっき、ルイーダの口から。しかし、それは、勇にとって昔話のようなものだった。この部室を舞台に起こった、過ぎ去りしエピソード。勇はそれを聴くだけの観客のひとりのはずだった。

「でも、それは美久さんとは関係ないでしょ」

心にじわじわと黒い疑念が湧いてきているのはわかっていた。しかし、それを振り払い、勇は必死に「美久二十歳」説を信じ抜こうとした。だが続くタダカンの言葉に、勇の信念はぐらぐらと揺らぎそうになる。

「じゃ、勇の彼女がどんなやつか当ててやるよ」

タダカンは「小柄」「ショートカット」「ひとなつっこい」と特徴を挙げていく。

――その程度ならたくさんいるし。

必死に踏ん張る勇。しかし、タダカンの挙げる特徴はどんどん具体的になっていく。

「ボディタッチ多いだろ？　酒はオレンジ系カクテルが好き。しりとりやろうって言われたことあるだろ。違うか？」

当てはまっている。まるで、これまでの美久とのつきあいをすべて監視していたかのようにぴたりと彼女の特徴を言い当てるタダカンに対し、勇は何も反論ができない。

「美久って下の名前で呼ぶとよろこぶだろ？」

勇はがくりと頭《こうべ》を垂れた。「ミク　イズ　トゥエンティ」と書かれたクリスタル製の像が、がらがらと音を立てて壊れていく。

「ほんとに、諸星さんや高橋さんの話に出てきた女性が、美久さんなんですか？」

訊きたくはなかったが、訊かずにはいられなかった。それでも勇はタダカンの口から「冗談だよ」という言葉が出てくることを祈っていた。

「ああ。将生もそうだったけど、あいつは、わざと馨たちをからかうために、美久とつきあってたふしがあったからな」

　今度は勇が頭を抱える番だった。美久が二十歳ではなく、ルイーダよりも先輩であるということだけではない。昔の話を聞いた勇が、「悪い女」と評した「サークルクラッシャー」こそ、咲良美久であるというでかすぎるショックを、受け入れざるを得なかったからだ。

「ひと違いってことは……」

　うつむいたまま、勇は最後の希望をタダカンにぶつけた。

「咲良ってめずらしい名字のやつが、たまたま同じ名前で、たまたま同じ大学に入ってきて、たまたまどっちも行研のやつとつきあうってことがありうるならな」

　タダカンの返事は、決して非情ではなかったが、無情ではあった。救いがないという部分では大差はなかった。

「なんで、美久さんは、そんなことを……」

　同じサークル内で、同世代の男子複数と同時につきあうなど、どうあってもトラブルが起きるに違いない。それがわからないほど、美久は頭が悪い女性とも勇には思えなかったし、意味もなくそんなことをするような人間とも思えなかった。

　――とはいえ、随分前の話だしな。

　美久も若い頃は浅慮な部分があったのかもしれない。そのあたりは、勇には知る由もなかった。

「ん～、たぶん、姐さんが原因じゃねぇかなぁ」

タダカンは自信なさそうに唸った。勇にもその答えはすぐに腹落ちするものではなかった。

「ルイーダさんのせい？」

「いや、姐さんや美久に直接訊いたわけじゃないから、わかんねぇけどさ。なんか昔からあのふたりが揃うと、空気がピリッとするっつうか。表面上は笑顔なのが余計に怖くてさ」

タダカンが肌で感じた険悪な空気は、ルイーダが行研に入ってしばらくしてからだったらしい。一年生にして、人心掌握に優れ、知的センスと美的センスを兼ね備えた彼女に、男性会員はみんな夢中になった。

サークルのマドンナの席に座していたのは、ルイーダが入る前までは美久だったそうだ。ミス行研の沽券《こけん》が揺らぎ、美久が敵対心を燃やしたのではないかというのがタダカンの推理だった。

最初は単純に美久がルイーダを敵視していたらしい。ルイーダも気づいていただろうが、美久のほうが先輩ということもあって穏便に済ませようとしていたらしい。そもそもルイーダにはちやほやされたいという欲求などなかった。

「そういうすかしたところがまた気に食わなかったんだろうな」

ただ美久は正面切ってルイーダと争ったりはしなかった。そんなことをすればルイーダの敵役としてサークル内で認識され、まだ残っていた美久派の男子たちからの評価も下げてしまうことにつながるからだ。

「外堀から埋めようとしたんだろうな」

ルイーダが二年になったとき、美久はすでにOGとなっていたが、わざわざ時間をつくって新入生の勧誘に参加していた。自分が現役生ではなくなったあとでも、行研がルイーダ人気一色になることが我慢ならなかったのだろうと、タダカンは言った。

「そんなにルイーダさんのことが気に食わなかったんですか？」

「だろうな。純一たちとつきあったのも、姐さんが特に可愛がってた後輩たちだったからだろうし」

ならばルイーダといまでも仲の良いタダカンもターゲットだったのではないか、と勇は思った。兄のように慕っている目の前の先輩が、もしかしたら別の意味で兄弟となってしまっていないかという暗い疑念が勇を襲う。

「なんだよ、その目は。まさか、俺も美久と関係があったとか思ってねえだろうな」

顔に出てしまっていたようだ。自分がどんなに醜い顔をしていたか勇は心配になった。

「姐さんが可愛がるのは年下だけなんだよ。ほら、俺、姐さんと同じ代だけど、歳は上だろ」

勇はルイーダが以前タダカンに「あんたが姐さんって呼ぶな」と言っていたのを思い出していた。

「美久の目的はあくまで姐さんにとって大切な人間を奪うこと。それが結果的に自分の所属していたサークルが崩壊することにつながろうと、どうでもよくなってたみたいだな」

最初はミス行研の座を奪われたことから始まっていたのに、いつしかサークルのことは置いておいてルイーダを敵視するとは。美久の中で燃え上がってしまった嫉妬の炎は、すべてを焼き尽くしても消えないほどの勢いになってしまっていたのかもしれない。

「それが、工藤さんたちが言ってたOBとのトラブルってやつなんですね」

勇は少し落ち着きを取り戻していた。だが、それは、タダカンの説明をすべて信じたからというわけではない。いまだ、美久がそんなことをするはずがないと思っている。しかし、一方で、タダカンがウソをつくメリットなどない、と気づいている自分もいた。ふたつの相反する思いが内在し、勇の心を二分する。

好きなひとを信じるか、信じないか。

これは、優柔不断で二者択一が苦手な勇でなくとも、簡単には選べない問題だ。勇はさきほどまでの激昂もどこへやら、すっかり意気消沈してしまっていた。

「まあ、そのなんだ。落ち込んでるとこわりぃんだけどさ。今度は俺の方から質問してもいいかな」

　タダカンが申し訳なさそうに、スポーツ刈りの頭をぼりぼりと掻いた。

「なんで、いまさら美久が大学に戻ってきたのかがわかんねぇんだよ。姐さんが学祭中止の責任をとって行研やめたときに気が済んだのか、美久の姿も見なくなったんだけどな」

　タダカンからの質問は、勇のほうこそ訊きたいことだった。ルイーダへの嫉妬のためだけに美久が複数の後輩と関係を持ったのが真実だとしたら、ルイーダをサークルから、そして大学から追い出した時点で目的は果たせたのではないだろうか。なぜいまさら金田大学に舞い戻ってきたのか。

「新歓コンパで会ったんです」

　勇は、タダカンに美久との出会いを説明した。向こうから声をかけてきたこと。連絡先をすぐに交換したこと。ランチデートをしたことはすでにタダカンも知っている。美久の部屋にお泊まりしてしまったことだけは伏せつつ、これまでの流れを簡単にタダカンに告げた。

「美久のやつ、学祭復活に姐さんが一枚嚙んでることを知って戻ってきたのかな」

　勇に、というより自分自身に問いかけるようにタダカンはつぶやくと、何かを思い出したかのように立ち上がった。

「急がねーと、やべーかもな」

これまたタダカンの独り言だ。完全に勇がそこに居ることを忘れてしまっているようだった。

「タダカンさん……？」

学祭の復活と美久の復学にどんな関係があるのかわからない勇は、説明を求める表情でタダカンを呼んだ。しかし、タダカンは何も教えてはくれなかった。

「わりぃな勇。俺、ちょっと行くわ。なんか酷なこと教えちまったかもしれねーけど、あいつはやべーから、これ以上深入りすんのはやめとけ。俺の知ってる頃の美久と変わってなければだけどな」

勇の頭をぽんとやさしく叩くと、タダカンは部室を出て行った。残された勇は、ただぼんやりと長机についた染みを見つめていた。

——どうすればいいんだ、俺。

さきほど食べていたチーズバーガーのソースだろうか、茶色い染みは偶然にも左右対称に見える。勇はなぜか「ロールシャッハテスト」を思い浮かべていた。

——いまの俺には、ちぎれたハートマークにしか見えないよ。

投影法による心理テストをするまでもなく、勇の心の中にいま「失恋」の二文字が色濃く映し出されていることは、勇自身がいちばんよくわかっていた。

【さっきはごめんね】

美久からのＦＩＮＥがきたのは、外が暗くなって、やっといまが夜であることに勇が気づいた頃だった。

——さっきは、か。

もっといろんなことに対して勇は謝ってほしかった。だが、すぐにその思いを打ち払う。

——謝ってほしいわけじゃないんだ。

勇は、タダカンが言ったことすべてを美久に否定してほしかった。九コも年上であることも。ルイーダを敵視していることも。それが原因で青熊たちと関係を持ったことも。そして、それらすべてを勇に教えてくれなかったことも。

【大好きな勇が、わたし以外の女のひとといっしょにいるのをみちゃって、なんかわーってなっちゃって】

いつも一言コメントでやりとりをしてくる美久にはめずらしい長めのメッセージ。だが、勇に返信をする気力はない。

【でも勇もわるいんだよ】

うさぎのスタンプが、口をへの字に曲げている。

【わたし以外のおんなのひととごはんとかダメでしょ】

うさぎの頭から「ぷんぷん」と噴出している。

【ごはんならわたしとたべようよ】

一転、「ぷんぷん」が「ハートマーク」に変わる。

本来なら心躍るはずのお誘い。しかし、これらにはただただ【既読】の二文字が表示されていくのみだ。

コメントが返ってくるのを待っているのか、しばし、FINEが沈黙する。だが、一向に返事が来ないことを見て、再び美久からのコメントが、勇のスマホを震わせる。

【返事こなーい！】

既読。

【なにかいってってば】

既読。

【既読スルーさみしいよ】

既読。でも、スルー。

【おこってる?】

既読。勇に怒りの感情はない。ただ、戸惑っているだけだ。

【もしかして電話のほうがよかった？】

　このコメントに対し、勇は慌てた。いま、電話で美久とどんな会話をすればいいのかわからない。声を聞いたら、会いたくなってしまう。会ってしまえば、信じたくなってしまう。信じてしまったら、もう戻ってこられない気がした。

【返事しなくてごめん】

　勇は【ごめん】ではなく【すみません】と一瞬打ちそうになっている自分に気づく。無意識に美久が先輩であることを感じ、敬語を使おうとしていたのだ。勇の本音は二つに割れていたはずだったが、若干、美久を信じていないほうが大きくなっていた。

【はじめておこられたから】

　決して理由はそれだけではない。むしろ、美久が怒ったことなど些細《ささい》なことだった。

【わたしやきもち焼きだから】

　タダカンの話がなければ、返事の一文もかわいらしく思えたことだろう。しかし、美久が嫉妬を原動力にとんでもない行動に出ると聞かされたあとでは、サスペンスな印象を受けざるを得ない。

【ルイーダさんだったからじゃなくて？】

　勇は、送信ボタンを押している自分自身に驚いていた。わざわざ開けなくてもいいパンドラの箱に手を伸ばしている。好奇心ではない。おそらく最後に「希望」が残ることに一縷の望みをかけたアクションだったのかもしれない。勇の無意識は、まだ美久への失恋を認められずにいた。

ルイーダの名を出した瞬間、美久からの反応が鈍くなった。スマホ画面が一旦スリープしてしまうほどの沈黙時間があった。

【うん関係ないよ。ていうかルイーダって誰それ。外人？w】

美久の言葉を信じたかった。ルイーダのことなど知らない。知らないひとに嫉妬したりなどしない。勇がルイーダの知り合いだから近づいたなんてことはない。勇はそう思いたかった。

【でも勇とどんな関係なのかは気になるかな～】

「やきもち焼き」の伏線が効いている。美久の中ではこの流れはまったく不自然ではないだろう。しかし、勇にとっては、このコメントこそが美久の嫉妬深さを象徴しているように感じられた。

【バイトを紹介してもらってるだけだよ】

【そんなひととごはん食べるの？】

当然の疑問ではあるが、そこに食いついてきた美久に勇は薄ら寒い感じがした。

【サークルの先輩でもあるんだ】

【行動研究会の？】

即座にサークル名が返ってきた。勇と出会った新歓コンパのことを思い出したのか、それとも最初から知っていたのか、このコメントだけでは判断できない。

【でも普通OGとおひる食べる？】

この美久からのコメントが勇の二者択一を強制的に一択にしてしまっていた。

ルイーダがOGだと勇は一言も言っていない。ラーメン屋に入るところを目撃したのかもしれないが、ルイーダは遠めに見ただけで歳がわかるタイプの女性でもなかった。

――タダカンさんが正しかったか。

ルイーダのことを知っていて、知らないとウソをつく理由が他には思い当たらなかった。美久は、勇のことを想っているわけではなかった。勇に近づいた本当の理由は、勇がルイーダに近しい存在だから。どこで仕入れたか知らないが、隷属的な関係ではありつつも、勇がルイーダを慕い、またルイーダも勇に目をかけていることを知り、かつてルイーダから後輩たちを奪ったときと同様、勇を引き剝がしにかかったのだ。勇はそう思うと、切なくて哀しくて、ぐっと心臓のあたりを握った。このまま、心を握りつぶしてしまいたかった。

新歓コンパで手のひらに書かれた【咲良美久】の感触も。

初間接キスとなったナスの味も。

たかがしりとりで自分史上最高に興奮したトーク履歴も。

暗闇で感じたカクテル味の口づけも。

ぼんやりとしつつも熱く残っていた朝帰りの余韻も。

すべてが本当に心がつながって得られた経験ではなかった。勇はその思い出ごと心臓を取り出して、放り投げてしまいたかった。

【OGともごはんくらい行くよ。中退サークルだからね】

中退サークルという噂がたった元凶となる人物に対しての最大の皮肉だった。勇は、自分がそんな情けの欠片もないコメントが送れることに驚いた。もしかしたら本当に自分は失恋のショックで「ハート」を失ってしまったのかもしれないと思った。

——このまま、ぜんぶ忘れてしまいたい。

そう思った瞬間、ぎゅっと胸が締め付けられた。どうやらそう簡単にひとは心を捨てられないらしい。

【中退サークル?】

美久のクエスチョンにただ既読をつけて、勇はスマホの電源を落とした。おそらく再び電源を入れたときにたくさんコメントが送られてきているだろう。いや、きていないかもしれない。最後の一言で美久も気づいたであろうから。勇が美久の本当の姿を知っているということに。

まだやめるのは、やめておけ

勇は再び本部キャンパスの学生事務所を訪れていた。退学に関する手続きの方法を訊きにきたのだ。

窓口で目的を告げると、想像以上にあっさりと必要書類と手順について教えてくれた。他の窓口で「単位が」「留年が」「就職が」という懇願にも似た御門違《おかどちが》いの相談をしている学生より、勇に対してはむしろ親切すぎるほどに丁寧に説明をしてくれた。

――自由な大学は、やめるのも自由ってことかな。

一時、現大学理事長の退任が囁かれ、代わりに力を持っていた事務局長が学生の締め付けにやっきになっていた。「自由」を剝奪し、金田大学を就職率の高い職業訓練校にしようという企ては、ルイーダたちの活躍により頓挫した。

果たして、自由を取り戻した金田大学であったが、一度なくしたものを元に戻すのはなかなかむずかしいらしい。

事務所からの帰り道、勇はまたもや「学祭復活運動」をしている学生に出会った。前回会ったのと同じ男女ふたり組だ。違うところといえば、今回はふたりとも「祭」と背中に書かれた法被《はっぴ》を纏っている。

「学祭復活は、もう目の前です！」

「みなさんのおかげで署名数は二万を超えました」

「不当に学生たちの権利を奪った当局を見返してやりましょう」

——二万人も賛同者が集まっても、さあ、復活だ、とはならないんだ。

世の中は、そうそうシンプルには出来ていないようだ。声をはりあげる法被のふたり組を見ながら勇は少し切なくなった。

——でも、大学をやめる俺にはもう関係ないことだ。

勇の予想通り、あの日から美久の連絡は途絶えた。目論見《もくろみ》が露見したことに気づいたのだろう。引き際の見極めが早いのは、人生経験を多く積んだ大人の証拠だ。

——あの可愛さで三十路って。

勇は自嘲気味に口角をあげた。美久がどういうつもりで勇に近づいたかわかってはいたが、未練が断ち切れたわけではなかった。そうシンプルにいくはずもない。この世の中以上に勇の心は複雑なのだ。

——まあ、優柔不断で、諦めが悪いだけだけど……。

あの日以来、講義に出席する気力も、バイトに行く元気もなくなった勇は、部室にあるカップ麺だけで毎日を過ごしていた。しかし、備蓄も底をついたとき、ふと頭に誰かが囁いたのだ。

「もうやめたら？」

誰の声だったかわからない。美久だったかもしれないし、ルイーダだったかもしれない。会ったこともない、行動研究会の先輩かもしれない。しかし、幻聴にしろ何にしろ、その声は勇の背中を押してしまった。

鞄の中の退学手続き書類は思ったより軽い。覚悟を決めて、足取りも軽くなるかと思いきや、勇の部室へ戻る一歩一歩は重く沈んでいた。

そんな牛歩の勇を、法被のふたり組が放っておくはずもなかった。

「金田大学の学生さんですよね？」

「何年生ですか？」

声のかけ方も前と同じとは。芸がない、と勇は心の中で毒づいた。

ただ、当の本人たちは勇のことなど覚えていなかったようだ。勇が立ち止まったのを確認すると、金田大学に学祭がない理由をドヤ顔で朗々と語り出した。

——それ、知ってるから。

うんざりした顔を勇が見せても、ふたりは気にしない。学祭復活に向けて着々と賛同者が増えていると自慢げに述べている。ただ、そのあとに続く文句が前回と違うところだった。

「きみも、学祭準備スタッフに入らないか？」

年下とわかるやいなやフランクになる癖のある男子学生の方が、勇を勧誘してきた。

「いまなら、この法被が無料で支給されますよ」

寒くて着る服すらない季節ならうれしい特典だが、と勇は思いつつも、そこには乗っからなかった。

「どうだい？」

「いっしょにがんばりましょ」

半ば通せんぼをするかのように、勇の進行方向を塞ぎつつ、にじり寄ってくるふたり。

こういう積極性がある人間がきっと単位取得も就活も、そして恋愛もうまくやるんだろうな、と勇はコンプレックスを感じながら思った。

「おふたりは、つきあってるんですか？」

思わず訊いてしまった。ふたりは不意をつかれてきょとんとしている。

「いやいやいや、え〜、そう見えるぅ？」

男の方は照れながらもうれしそうだ。

「いやいやいや、うそ？　そう見えちゃいます？」

一方で女子の方は若干困った顔をしている。

「つきあってないんですか？」

勇にとってどうでもいいことのはずなのに、追及を緩められなかったのは、勇が恋愛というものに失敗したばかりだからかもしれない。

「つきあってない、こともないかな」

「こともない、もないでしょ」

またもや意見は割れている。

「どっちなんですか？」

二者択一が大の苦手である勇が「どっち？」と訊くなどありえないことだ。自分にされていやなことはひとにするな、とそれだけは厳しく親に言われて育っている。しかし、親の躾《しつけ》を忘れるほどに、いま勇は他人のことなどどうでもよくなっていた。

「いや、あれは、もうつきあってるって言っていいでしょ」

すでに男の方は、勇ではなく相棒の女子学生の方しか見ていなかった。

「もしかして、この前の夜のこと言ってます？　一回寝たくらいで彼氏面すんのやめてもらえます？」

「はあ、マジで言ってんの？　俺たち結ばれたじゃん」

「いや、キモい、その言い方。結ばれてないですから。酔った勢いでしょ」

完全に勇を置き去りにしてふたりはヒートアップしている。学祭準備スタッフとして、活動の傍ら英気を養う目的で飲みに行くこともあるだろう。その結果、終電を逃すこともあるだろう。そして、男女がたまたま一晩を共にすることもあるかもしれない。それが大学生という生き物だから。

「確かに酔ってたけど、ちゃんと勃ったろうが！」

「ええ、それは、ちゃんとね。でも、覚えてます？　入れる前に出しちゃって、そのまま寝落ちしちゃったの？」

「うそ、マジで？」

「マジで」

先輩であろう男子学生の方が一気にクールダウンしていくのがわかる。いや、青ざめると言った方が正しい。

「で、でも、朝、ゴム使った形跡が」

「だから、ゴムつけた瞬間、イっちゃったの！　女子に何言わせてんですか、もう」

男子学生はショックで口をぱくぱくやっていた。後輩をものにしたという優越感と達成感に浸っていた日々が、一気に空虚なものへと変換されてしまったのだ。顔面蒼白《そうはく》になるのも無理はない。そして、ふたりのやりとりを聞いていて、勇も血の気を失っていた。

──デジャ・ビュ？

ことを成した瞬間は覚えていない。男性用避妊具を使った形跡はある。要は事実確認を相手にしてはいないが、状況証拠のみで「ヤった」と決めつけていたことになる。

──まさか、まさか、俺も、同じ？

思い返してみれば、美久は勇にその行為の内容については一切触れなかった。彼女らしい奥ゆかしさかと思っていたが、そもそも行為自体が存在しなかったとしたら。

男子学生と同じ表情で佇《たたず》む勇を、女子学生も不審に思ったようだ。

「どうしたんですか？　いまの話、そんなにショックでした？」

ショックしかなかったとは言えない。しかし、少なくとも、勇は味方につくべき人間がどっちなのかは明確にわかった。

「学祭『を』がんばってください」

勇は男子学生の手をとり、力強く握りしめた。どちらか選べない勇が素面《しらふ》で即断をしたのはとてもめずらしいことだった。

「あ、ああ」

まだ半分惚《ほう》けた状態で男子学生は答えた。女子学生は自分の方が非難されたように感じ、不満そうな顔をしている。

勇はふたりを置いて、そそくさとその場を去った。自分の質問のせいで、せっかく表面的にはうまくやっていたふたりの関係を悪くしてしまった。その責任を感じつつも、勇はひとつの感想を抱いていた。

——あの女子は、男の方を嫌いなワケじゃないんだろうな。

勝手な思い込みかもしれないが、女子学生はつきあっていることを否定はしていたが、「つきあわない」とは言わなかったし、「嫌い」という意思も示さなかった。

——もしかして、ヤるイコールつきあってるってのがいやだっただけ？

そう考えると勇の気持ちも少し軽くなった。これをきっかけに男子学生がちゃんと女子学生の気持ちに気づき、真摯に向き合えば、よりよい関係に発展するかもしれない。そうあることを祈りたかったたし、そうでなければ寝覚めが悪すぎると勇は思った。

——でも、まあ、もう関係ないか。

退学書類を持った勇は、誰も来るはずのない日中の部室にとぼとぼと歩いて戻った。


——腹、へった。

勇は長机に突っ伏して、力なくつぶやいた。部室内にもはや食糧のストックはない。しかし、何か買ってくるお金も勇にはない。どうすることもできずに、勇は静かに腹の虫の歌声に耳を傾けていた。

突然、「がんがん」と戸を叩く音がして、「ぐーぐー」というか弱いメロディを掻き消してしまった。

「勇！　おい、生きてるか！」

タダカンの声だった。誰とも会いたくなかった勇は、居留守を決め込むことにした。

「おい、勇。居るんだろ？　開けろって」

タダカンは諦めない。勇は部室の電気を点けてしまったことを後悔した。これでは中にひとが居ることが丸わかりだ。しかし、バレていたとしても、勇はタダカンを招きいれるつもりはない。

「ちっ、しょーがねーな」

タダカンの声に、勇はほっとした。だが、彼は諦めて帰るつもりではなかったようだ。

「ガタタ、ガタ、ガタン」と戸を激しく揺らす音がする。しばらくそれが続いたあと、最後に「ゴキャ」とヤバめの音がすると、戸を開けてタダカンが中に入ってきた。

「やっぱ居るじゃねーか」

涼しい顔をしているが、タダカンがいましていることは立派な不法侵入だ。それを批判しようとするも、あまりのことに声が出ない。

「ちょっとコツあんだけど、開くんだよ。ここも古いからな」

「俺しか知らねーワザだけどな」と付け足して、タダカンは勇の横にどかりと座り、ビニール袋をテーブルに置いた。

「食え。どうせ、金なくて何も食ってないんだろ」

　バイト仲間でもあるタダカンにはお見通しだった。現場にこなくなった勇を心配して来てくれたようだ。

　ビニール袋の中には茶色い紙袋に包まれて、何かがホカホカと熱を放っている。ふたつあったが、どちらも揚げ物のようだ。

「チョコトンとバナメン」

「はい？」

　タダカンの差し入れは、どう見てもスイーツには見えない。しかし、その名からは「チョコレート」と「バナナ」を感じずにはいられない。

「ただのトンカツとメンチじゃないんですか？」

「あれ、『ヨコちゃん』知らねーの？　名物だよ、名物」

　それを聞いて勇の頭にぱっと浮かんだのは「名物にうまいものなし」という言葉だった。

「あの、どっちか選ばないとダメですか？」

　確かに激しく空腹ではあったが、チョコレートの入ったトンカツと、バナナの入ったメンチカツを食べたいかと言われれば、まだ我慢できるのではないかと勇は思っていた。

「いいよ、両方食えって」

勇はタダカンの笑顔に心が痛んだ。彼は心からの厚意でこれを持って来てくれているのだ。その証拠に、勇に二者択一を強要しない。おなかを空かせた後輩に、ここらで有名な逸品を、という心遣いなのだ。

「ありがたく、いただきます」

もらえるものは何でももらうのポリシーにも反する考えだったと、勇は反省した。まずはチョコトンの方にかぶりつく。

「お!?」

「な、おもしろいけど、悪くないだろ？　特別にテイクアウトさせてもらったんだぜ」

勇の反応にタダカンは満足げだ。トンカツとチョコレートの奇想天外なマリアージュは、意外なほど勇の舌にあった。続いて、バナメンもがぶり。

「うん！」

バナナの熟した甘みが肉汁たっぷりのひき肉と混じりあい、口中をたのしませてくれる。

「よろこんでもらってよかったぜ」

勇がチョコトンもバナメンもきれいに完食したのを確認し、タダカンは「テレビつけてくれ」と勇に頼んだ。

「テレビ？」

勇はその頼みに応えることができなかった。部室警備員になってこの方、部室でテレビを観たことなど一度もなかったからだ。

「ここ、テレビなんてないでしょ？」

タダカンは、「どこに目つけてんだ」と言いながら部室の隅を指差した。そこには、幅も奥行きも無駄にあるブラウン管のテレビがどでんと鎮座していた。

「あれ、まだ映るんですか？」

勇は完全に過去の遺物だと思っていた箱がまだ映ると聞いて驚いた。あのテレビこそ、これまで出会った中退者の誰よりも早く、現役を退いたものだとばかり思っていた。

「映るよ。俺が地デジチューナーにつけかえたんだから」

勇はタダカンに言われるがまま、主電源をプッシュする。「びん」と何かの回線に電気が通る音がして、ゆっくりとブラウン管テレビは目を覚まそうとしている。

「わあ、なんか感動しますね」

「しねーよ」

タダカンは笑いながら勇の感想にツッコミをいれてくる。勇とタダカンの顔が映っていた暗い画面が像を浮かび上がらせる。そこにはスタジオ風景と、数人のコメンテーターたちが映し出された。

「お、ちょうどいまからか」

タダカンがテレビの方に近づき、目の前に座る。「勇も座れ」と長椅子の隣をぱんぱんと叩く。

「何が始まるんですか？」

勇はテレビを観るのなど久しぶりだ。前住んでいたアパートにも置いてなかったし、実家ではチャンネル選びに迷いすぎるという理由で勇はテレビを禁止されていた。

「うちの大学の特集」

時計に目をやる。どうやらお昼のワイドショーのようだ。テレビ番組が一私立大学に過ぎない金田大学をわざわざ取り上げるのが勇には不思議だった。

「うちの大学、マスコミに強くてさ。局にも結構卒業生がいんのよ」

ブラウン管の画面を凝視しながら、タダカンが説明してくれた。

「さらに、今回は仕込みも上々だからな」

テレビの中では、週刊誌の記事をもとに議論を展開している。

「いや、これは大問題ですよ」

頭の禿《は》げ上がったコメンテーターが、代わりに蓄えたふさふさの髭《ひげ》をなでながら遺憾を表明する。

「金田祭といえば、私の頃なんか、ディズニーランドを超える来場者数で、日本一の学園祭として有名でしたからね」

中年くらいのコメンテーターが自身の学生時代を振り返って発言している。

画面中央には、週刊誌の誌面を拡大したパネルと、ことの経緯を簡単にまとめた図が張り出されている。

「そもそも、金田大学の学園祭が中止になったのは、大学運営側が『学生が行う領域を超えた』とその膨らみすぎた規模に疑問を呈したことがきっかけでしたが、決定打は違いましたよね？」

司会者がうまく流れをつくっている。

「そう。学園祭を運営する学生たちが、過激な政治組織とつながっていて、スポンサーから集めたお金も、一部そこに流れていたのが発覚したからだったよね」

当時からすでにテレビに出演していたであろうコメンテーターが答える。

「ただ、今回、それを覆す新事実が発覚したようだ、と」

この番組はライトなワイドショーのはずだが、司会者はまるで世の中のジャーナリスト代表のような面持ちで話している。

「しかも、実際に政治組織とつながっていたのは、学生たちではなく、学園祭開催に反対していた教授だったらしい、と」

あくまで「らしい」を強調するのは、疑惑の域を出ないということなのだろうか。

「いやいや、ようだ、とか、らしい、って。もうこれあかんやつ、決定でしょ」

明らかに他のコメンテーターと違う風貌の男が司会者にツッコミをいれた。タレントだろうか。空気を読まない発言こそが番組内での自分の役目と自任しているようだ。だが、それすらも予想の流れだったのか、司会者はにやりと笑みを浮かべると、拡大した週刊誌の誌面を指差した。

「そう。こんな写真が出てきては、ね」

隠し撮りしたような白黒の写真には、おそらく超がつくほど高級な店から出てきたであろうふたりの男性が写っていた。隣には、ふたりが固く握手をしている写真もある。

「これ、左が金田大学の副総長を務める奥村進次郎《おくむらしんじろう》氏ですね。右は、政治組織『革命会』代表の楠田征丸《くすだゆきまる》氏ということが、取材の結果わかっています」

取材をしたのは週刊誌の記者だろうに、まるで自分で取ってきた事実であるかのように司会者は胸を張って言った。

「これは大問題ですよ」

頭の禿げ上がったコメンテーターがさきほどとまったく同じ発言をしている。このひとはこれしか言えない呪いにでもかかっているのかと勇は思った。

「金田大学の広報に問い合わせたところ、現在調査中です、と回答があったのみでした」

司会者は残念そうに首を振る。

「え〜、それで終わりでっか？　かわいそうやありまへんか。当時濡れ衣を着せられた学生さんも。学園祭をたのしめないいまの学生さんも」

タレントらしき男が中途半端な結論でコーナーを締めようとしている司会者に不満を漏らした。

「お、いいこと言うね、こいつ。でも、これで終わりじゃないんだよな」

タダカンがそう発した直後、ワイドショーは、青汁のインフォマーシャルに切り替わった。

今日大学事務所に行くということで久しぶりに電源を入れた勇のスマホが震えた。FINEからメッセージではなく、ニュース記事更新のお知らせがポップアップで表示される。

【金田大学副総長の闇】

——このタイミングで!?

タダカンを見ると、不敵な笑みを浮かべている。どうやら、これも仕込んだものらしい。

「テレビだけだと、大学生には届かないだろ？」

普段ニュースをスマホで確認している勇は、大いに同意した。しかし、テレビもそうだが、一体どんなツテがあってFINEニュースに取り上げてもらったのか。

「あ！」

勇は気づいた。ＦＩＮＥと行動研究会には随分と太いパイプがあることに。

「青熊さんか！」

タダカンは何も答えない。しかし、それこそが正解の証《あかし》だった。

「ちなみに、さっきのテレビも、元ネタの週刊誌の方につながりがあってな」

タダカンは、すぐにはタネを教えてくれない。勇は必死に考えてみるが、思い当たるふしがない。

「健の店、そっち系の記者がよく出入りしてるんだよな」

「ああ！」

工藤から聞いていた。お忍びで来店する芸能人を追っかけて記者が来ることもあると。

「芸能ゴシップじゃねぇけど、あいつらもたまにはこういう硬派なやつ書いてみたくなんだろうな」

勇はさきほど学内で会った法被のふたりを思い出していた。現役学生たちが主導で行っている学祭復活運動。その陰にまさか中退者がいるとは。

「ちなみに、あの写真は記者が撮ったやつじゃないかんな」

じゃあ誰が、と勇は思った。あんな写真、ずっと奥村に張り付いてでもいないとおさえられないだろう。

「馨だよ、あれ撮ったの」

まさかの人物だった。美久をストーキングしていた高橋が、なぜ副総長を追っかけていたのか。動機も接点もまったく思い浮かばない。

「あいつ、美久と関係のあったやつ全員を貶《おとし》めようと、美久以外も追っかけてたんだよ」

「え？　美久さんと関係って、え？」

勇は指を折りながら、これまで聞いていた美久の「男」となった人物を挙げていく。

「青熊さん、工藤さん、諸星さん、高橋さん、鈴村さん」

五本の指を折り込んだあと、勇の頭に高橋の発言が蘇る。

――あれ、確か、高橋さん、六股だったって。

タダカンが、強引に勇の小指をひらき、勇のスマホ画面をタッチさせる。そこにはさきほどテレビで観たのと同じ顔、奥村副総長の顔があった。

「副総長も……？」

タダカンはこくりと頷く。「でもなんで？」と訊ねる勇だったが、そこにルイーダが絡んでいることはなんとなくわかっていた。

「奥村はかつてこのサークルの顧問だったんだよ。すでに結構偉かったはずだけど、そういうの感じさせなくてさ。イベントもよく手伝ってくれてたし、差し入れも頻繁にしてくれてた。会員たちからも人気があったよ」

「ルイーダさんをかわいがってたんですね」

勇の質問に、言わずもがなの表情で先を続けるタダカン。

「ただ、美久が随分慕っててさ。いま考えると、俺らが入ってくる前にすでにつきあってたんだろうな。それが、姐さんが入会した途端、奥村の目の色が変わった。そりゃ、美久からしたらおもしろくないよな」

ミス行研の座を奪われたことよりも、もっと根の深い嫉妬の種があったのだ。悪いのは学生に手を出し、あまつさえ、他の学生に乗り換えようとした奥村なのだが、結果としてそれが、ひとりのサークルクラッシャーを生み出してしまった。

「当時はいきなり『革命会』とのつながりを疑われて。サークルで管理してる口座に怪しい振込みがあったことで完全クロ判定さ。何がなんだかわからないうちに学祭は無期限延期。姐さんは大学をやめることになってた」

唇を噛むタダカンの表情から、当時の無念さが伝わってくる。

「いま思えば、奥村はここをロンダリング機関として使ってたんだろうな。学生のサークルを経由して政治組織と資金のやりとり。万一その流れが疑われたときは、会員のせいにしちまえばいい。そのうえ、女にまで手を出してたってんだから、最低だよ、あいつは」

タダカンの怒りはもっともだった。しかし、勇はその熱に共感するよりも、奥村という男に弄ばれてしまった美久への同情が先に立った。裏切ったのは奥村なのに、ルイーダの方に敵意が向いてしまったのは、裏切りを知ったあとでも奥村を好きだったからではないだろうか。そう思うと、なんとも複雑な痛みが勇の胸を突き刺した。

「まあ、これで学祭中止続行を叫んでいた筆頭が失脚だ。他の教授連中は幸いなことに主体性がないやつらばっかりだからな。担いだ御輿《みこし》が崩れたらばらばらと逃げ出すだろ」

加えて二万人分もの署名もある。いや、このテレビや週刊誌、そしてFINEニュースを観たらもっと集まりそうである。それこそ、世論はいま学生側の味方だ。

「中退したみなさんが部室に来てたのって……」

訊くまでもなかったが、勇はタダカンに念のため確認をとる。

「ああ、今回の計画のために大学に呼び出されてたんだよ」

あるときから急に来訪してくるようになった理由がわかった。しかし、それならわざわざ部室に寄る必要などないのではなかろうか。

「みんな懐かしかったんだろ。美久が中心に居たとはいえ、トラブルのせいでほとんど逃げるようにここを去らざるを得なかったやつらだからな」

中退者たちが、初めて会った勇にいろいろ話してくれたのは、彼らなりの懺悔《ざんげ》だったのかもしれない。優柔不断をからかいに、というのも一種の照れ隠しだろうか。

「迷惑な話ですね」

言うほどそうは思っていなかったが、そう口にせずにいられなかったのは、勇も彼らに妙な仲間意識を抱いてしまっていたからだ。

「じゃ、俺、そろそろバイト行くわ」

タダカンは勇の無事と、計画の成功を見届けて満足したようだ。勇の肩をぽんと叩くと、立ち上がって部室をあとにしようとした。

「今日のバイトはどんなやつです？」

タダカンの背中に勇は訊ねた。

「ん？　ひよこのオスメスを見分けるバイト」

「また、おかしなバイト紹介してきますね、ルイーダさんは」

「ああ、またいっしょにバイトしような」

「……はい」

「学祭もたのしみだな」

「……はい」

勇の返事を待ってからタダカンは外へ出た。後輩思いのいい先輩だ、と勇はしみじみ感じていた。

タダカンが居なくなった部室。改めて見回すとすごい散らかりようだ。カップ麺の空き容器が積み上げられ、空のペットボトルも散乱している。

——片付けるか。

明日からはまた日常が始まる。講義に出て、ルイーダに紹介してもらったバイトをして、夜は部室を守る。普通とは言い難い大学生活だが、贅沢《ぜいたく》は言えない。

勇は自分なりに一所懸命がんばることにした。

「やめてたまるか」

ゴミ袋の口を縛りながら、勇はそう強く自分に言い聞かせた。

燃えるゴミをまとめたその半透明の袋には、勇がもらってきた退学申請書類が入っていた。

学祭だけは、やっておけ

「勇者先輩、ＦＩＮＥのＩＤ教えてよ」

「勇者先輩、次もビールでいい？」

「勇者先輩、火ある？」

「勇者先輩、乾杯してやるよ」

「勇者先輩、このあと空いてる？」

　この春、私立金田大学の三年に無事進級した社本勇は、テーブル越しに繰り出される「勇者先輩」に心底げんなりしていた。

　――もう、帰りたい。

　部室のマットレスが恋しかった。早く帰って、あそこにダイブしたい。その思いが勇の心を占めていた。

「勇者くん、つくねとねぎま、どっち食べる？」

隣に座ったルイーダが両手に串を持ってにこにこしている。いや、ニヤニヤしているが正しい。ドSなルイーダはこの状況を完全におもしろがっていた。

「いや、いま焼き鳥はいいです。それよりもどういうことなんですか、これは。今日の会って新歓コンパでしたよね」

勇も学年があがったということで、普段はつきあいのない現役会員に呼ばれ、新歓コンパのホスト役として飲み会に参加していた。

しかし、割り振られたテーブルに座ってみると、そこに居たのは知った顔ばかり。

「いいじゃねぇか、勇。こいつらとは兄弟みたいなもんだろ?」

ルイーダと逆隣には、晴れて十年生となったタダカンが座っている。まだばりばりの現役生であるタダカンがいるのは百歩譲って許せるとして、「兄弟」と言われた目の前の五人がいるのはまったく解せなかった。

「兄弟じゃないですし、このひとたち新入生じゃないでしょ!」

勇が指を差すと、青熊が心外だと言わんばかりに、学生証を取り出した。

「勇者先輩、見てみ、これ。間違いなく、今年入学の新入生よ、俺たち」

「そうそう。久々の試験、超むずかったんだから」

青熊の隣の工藤も、箸を休めて主張する。

「俺も」

細いタバコを咥えながら、だるそうにつぶやいたのは諸星だ。その隣で馨が「おまえはどうせ替え玉だろ」と冗談にならない指摘をしている。鈴村は、すでに新入生の女子たちに呼ばれたのか、別のテーブルに移ってしまっていた。

「なんで復学してんですか！　青熊さん、ＦＩＮＥの仕事は？　工藤さん、お店は？　諸星さん、学費は？」

勇は納得いかない思いを声のボリュームで表現した。

「ちょっと、勇者くん、うるさい」

ルイーダが勇の大声をたしなめる。

「いいじゃない。みんな、学祭やってみたかったんだって」

青熊たちが自分たちの色恋が学祭中止の一因にもなっていたことに責任を感じていたのは確かなようだ。ルイーダの呼びかけに応じ、自分たちにできることで学祭復活に向けて尽力した。

「え、諸星さんは何したんですか？」

勇は怠け癖、甘え癖のある諸星に冷たい。優柔不断な自分にも似たような面があり、自分を見ているようで腹立たしくなってしまうのだ。

「ボッシー、おとうさんに土下座したんだって」

レモンサワーを飲みながらルイーダが教えてくれた。勘当同然になっていた実家に戻り、いままでの親不孝を謝罪しつつ、現役学生のためにスポンサーになってくれないかと頼んだらしい。

「ルイーダ、土下座じゃねーよ、土下寝」

座るのすら面倒だったんじゃないかと勇は思ったが、「土下寝」の効果はあったらしく、今年度復活一発目となる「金田祭」のメインスポンサーは諸星工業のようだ。

「なあ、火」

タバコを宙で振り回す諸星に、タダカンがライターを投げつける。

「自分でつけろや」

諸星はタダカンに睨まれしゅんと小さくなってしまった。「でも、よくやったよ」と即座にアメも与えるタダカン。なかなかに後輩の扱いがうまい。

「鈴村さんは？」

すでにこのテーブルに居ない性欲全開の彼の活躍どころが勇は気になった。

「そもそも、あいつが言い出したんだよ、今回の学祭復活は」

「へ？」

勇は驚いた。てっきりルイーダが発起人で、プランニングを青熊あたりがしたのでは、と思っていたからだ。

「あの写真を撮ってた馨自身、密会の相手が誰だかなんて知らなかったのよ。でも、奥村が革命会とつながりがあるって教えてくれたのはマッキーなの」

――そこから今回の計画がはじまったのか。

勇がこれまでに会ってきた中退者たち全員が何らかのカタチで今回の学祭復活に関わっていたと知り、勇は少し腹落ちしかけた。

「それでも、復学ってやりすぎじゃないですか!?」

大学に一度入るだけでも大変だった勇は、それを軽々とこなしてしまう先輩たち、いや、いまは後輩になってしまったが、五人の元中退者を素直にすごいと思った。

「いや、美久が復学してたって聞いてさ」

青熊が少し言い出しづらそうに切り出した。

「はあ？　あんた、まさかまだあいつに未練あんの？　ほんとは復縁のための復学だったってこと？」

ルイーダがすごい剣幕で青熊を叱りつけた。ＦＩＮＥのＣＯＯが生協の職員に怒鳴られている姿はなかなかに不思議な光景だった。

「姐やん、誤解だって。美久のことを聞いて、復学って手もあるんだって気づいたんだよ。いままでやめたらもうやりなおせないって思ってたからさ」

「ぼくも、目から鱗《うろこ》だった」

工藤が青熊をフォローする。

「俺も」

諸星は美久が昔吸っていたという細いタバコで紫煙をくゆらせながら、面倒臭そうに手をあげた。

「ふ、俺もだな」

高橋も偉そうに同調する。

「いや、馨は復縁しようと思ってたでしょ」

ルイーダが鋭いツッコミをいれる。「部室から盗んだ名簿、ちゃんと勇者くんに返しとくのよ」と勇が報告していないこともしっかりお見通しのようだった。

「でも、美久ちゃん、大学やめちゃったよ」

「ひっ」

急に背後から抱きしめられて、勇は変なところから声が出てしまう。鈴村が勇の耳元で囁くように続けた。

「もともと、奥村副総長の秘密を教えてくれたの、美久ちゃんなんだよね〜」

勇だけでなく、みながその言葉に驚いている。

「ちょっと、マッキー、それほんと？」

「そだよ〜。美久ちゃん、学祭なくなったのずっと自分のせいだって気にしててさ〜」

「それで戻ってきたってのか？」

タダカンが「あの美久が責任感じて？」と意外そうな顔をしている。

「なんでそれすぐに言わないのよ！」

今度はルイーダの憤怒《ふんぬ》の矛先が鈴村に向いてしまった。

「だって〜、ルイさん、美久ちゃんの名前だしたら、やる気出さなかったでしょ〜」

「そ、それは……」

めずらしくルイーダが閉口させられている。鈴村は下半身でものを考えているかと思いきや、存外キレる男なのかもしれない。

「相変わらずルイさんのことは大嫌いって言ってたけどね〜」

「わたしだって、嫌いよ、あんな嫉妬深い先輩」

ルイーダはそう言ってはいたが、その後、彼女が美久のことを「あいつ」と呼ぶことはなく、ちゃんと「先輩」と敬意を込めて呼称するようになっていたことに勇は気づいていた。

その日勇は初めて二次会まで出席した。部室警備員の任命者であるルイーダ直々の許しが出たのだった。「ただし、お酒はセーブしてね」と条件付きではあったが。

二次会を終えた行動研究会一同は駅前のロータリーで校歌を歌った。なぜ歌うのか勇にはその行為がまったく理解できなかったが、悪くないと思っていた。思い返せば、三年生になって初めてまともに金田大学の校歌を歌ったかもしれない。

ルイーダ、タダカンと五人の元中退者は校歌を完璧に歌い上げ、他の新入生たちは若干引いていた。

「自由を愛すものたちよ
自由に愛され学びあえ
幾度でも
幾年月も
金田大学ここにあり
不変不退でここにあり
ああ金田金田
金田金田金田金田金田〜♪」

最後のリフレインは、少々金の亡者的に聴こえなくもないが、勇はこの歌詞が気に入った。

――幾度でも、幾年月も、か。

失敗は終わりではない。時間の経過はカウントダウンではない。やりたいことがあれば何度でもやり直せばいい。そんな想いが込められているような気がしていた。

思えば勇は「失敗できない」というプレッシャーから、二者択一が苦手なのかもしれない。間違えてもいいやと思えれば、もう少し気楽に人生を選び取れるかも。

電車で帰るルイーダたちと別れ、勇は部室までの道をひとり歩いた。見上げるとまあるい月が、微笑むように学生街を照らしていた。スマホがポケットの中でぶるると震えた。

【月がキレイだね】

美久からのＦＩＮＥだった。勇が見ている月と同じ写真が送られてきた。しかし、いつか訪れたマンションからの景色ではない。空が広い。東京から見える空ではない気がした。

【いろいろごめんね】

既読。

【年とか過去とか言ってないこと多くて】

既読。

【やっぱりウソついちゃったことになるのかな】

既読。

【でも、ひとつだけ本当にうれしかったことがあるよ】

既読。

【名前の意味、すぐにわかったのは勇だけだったよ】

既読。そして、勇は立ち止まった。美久は「本当に好きだった」とは言ってくれなかった。でも、勇にはそれでもよかった。

【ありがとう】

勇は短く返した。すぐにそのコメントにも既読がつく。

【学祭がんばってね】

既読。

【わたしも中退者だけど、学祭行ってもいいかな】

既読。

勇は、【ＯＫＡＹ】と書かれたフリップを持ったうさぎのスタンプを送った。うさぎが好きだったわけじゃない。今宵は月がキレイだったからだ。

既読。しかし、それ以上美久からコメントが送られてくることはなかった。それでいい。勇はスマホをポケットに戻し、再び歩き始めた。

大学敷地外に特別に許された部室がある。シャワー付き、トイレ付き、キッチン付きの３ＬＤＫ。なぜか防音室まで完備されている。

しかし、こんなにも贅沢な部室を使用できると言われても、このサークルに入会を希望するものは少ない。

なぜなら大学内で『金田大学行動研究会』は「中退サークル」と呼ばれているからだ。

会員になると大学を中退することになる、という噂はすでに過去のもの。いまは別の理由で敬遠されている。

一度中退したものたちがやり直すためのサークル。

この噂が新入生たちにとって入会障壁になっている。

——噂じゃない。

ルイーダの命令により、この行動研究会「中退部」を仕切ることになった社本勇はそう思っていた。

現在「中退部」の構成員は勇を除いてたった五名。しかし、全員が諦めの悪い曲者《くせもの》ばかりだ。いまは、十一月開催予定の「金田祭」に向けて、何を仕掛けるか協議中である。

「勇者先輩、A案とB案、どっちがいいと思う？」

二者択一が苦手な勇に、元先輩の後輩たちはいつもそんな質問をぶつけてくる。

しかし、最近勇はこう答えるように決めていた。

「どっちもやめときましょう」

やめることで、見えてくる新しい選択肢があることに気づいてしまったから。

解説

大矢博子

二〇一六年、百舌涼一が第二回「本のサナギ賞」受賞作『ウンメイト』（ディスカヴァー・トゥエンティワン）でデビューしたとき、プレスリリースの受賞者コメントにこう書いている。

「本好きの方に読んでいただきたいのはもちろんですが、この『ウンメイト』は小説から遠ざかっているひとたちにも是非読んでいただきたい一冊です。重くない、くどくない、ひきずらない。ばーっと読めて、わーっと楽しめるそんな小説を目指しました。読書復帰第一作のリハビリ本として、『ウンメイト』はいかがですか」

『ウンメイト』は、下痢体質の男と、飲むと記憶をなくす女のボーイ・ミーツ・ガール小説だ。主人公が、運命のひとを探すという女に引きずられ、彼女が飲んでいる間の外部記憶装置として付き合うことになるというもので、受賞者コメントの通り、楽しくてテンポがよくて、気軽にさくさく読める物語だった。ただ軽いだけではなく、エピソードが意外なつながりを見せる驚きもちゃんと用意されている。

平易で読みやすい文章、デフォルメされたわかりやすいキャラクター、同種のエピソードを連作のように重ねていく「パターン重視」の手法、そしてそれらをつなげた結末という全体の構成。なるほど、確かに「小説から遠ざかっているひとたち」の「リハビリ本」と言ったのがよくわかる。深く考えずにするするっと物語の中に入れるよう、計算されているのだ。コピーライターである著者が自ら考えたという帯の惹句《じやっく》「泣ける話は、もう飽きた」というのも印象的だった。

と同時に、これは著者による挑戦なんだろうなあ、と思ったのを覚えている。重厚長大な文芸作品が大好物というような読書家や、好きな作家の新刊を心待ちにして毎日書店に通うような本好きは、放っておいても小説を読む。けれど読書という習慣を持たない、あるいは読書から離れてしまった人たちが小説のページをめくる、というのはなかなかにハードルが高い。読書好きに読んでもらうより、読まない人に読んでもらう方が何倍も難しいのだ。

百舌涼一は、敢《あ》えてその困難に挑戦しようとしている作家なのである。

その後、受賞第一作として、声をなくした青年が弔花専門の花屋で働き始める『フラ

ワード　弔い専花、お届けします。』（ディスカヴァー・トゥエンティワン）を上梓《じょうし》。『ウンメイト』とのリンクもあり、『ウンメイト』でリハビリを始めた読者が楽しめるよう工夫されていた。

三作目は、優柔不断な大学生がさまざまなバイトに挑戦する『生協のルイーダさんあるバイトの物語』（集英社文庫）だ。本書『中退サークル』は、『生協のルイーダさん』の続編にあたる。こちらから読まれても問題はないが、あらためてここで前作を振り返っておこう。

主人公は社本勇《しゃもといさみ》。とにかく優柔不断で、二者択一が大の苦手。ランチをA定食にするかB定食にするか、目的地までの電車にどっちの路線を使うか、日常生活のなんということはない二択にいちいち悩む。下手をしたら何時間でも悩む。でもって結局結論を出せないという筋金入りの優柔不断である。そんな勇が、バイト斡旋《あっせん》を副業とする生協職員の井田瑠衣《いだるい》、通称ルイーダさんと出会い、さまざまなバイトを経験することになる、というのが前作のアウトラインだ。

本書でも触れられているが、新薬の治験や下着のモデル、借金取り立てなどバイトの胡散臭《うさんくさ》さもさることながら、随所に登場する二者択一に鬱陶しいくらい勇が悩みまくるのがポイント。しかも二者択一に失敗して毎回クビになる。ああ、よくあるダメな主人公の成長ものね——と思ったら大間違い。何が違うかは後ほど。

本書『中退サークル』は、前作の勇が二年生になって、行動研究会というサークルの新歓コンパに出席している場面から始まる。なぜそんなサークルに入っているのかは前作をお読みいただくとして、そこで勇は咲良美久《さくらみく》という女性と知り合う。なんとなくいい感じになったものの、バイトのために泣く泣くその日は帰宅することに。

勇がやっているバイトは、部室警備員。前作でアパートを出なくてはならなくなった勇は、行動研究会の部室に寝泊まりできるという条件のもと、夜九時以降は何人たりとも部室に入らないよう警備の仕事を請け負っているのだ。行動研究会ＯＧであるルイーダさんの命令である。

その日、部室に戻った勇を待っていたのはルイーダさんと、同じく研究会ＯＢの青熊《あおくま》という男だった。実は行動研究会はなぜか大学を中退した部員が多く、「中退サークル」と噂《うわさ》されていた。青熊も例に漏れず中退組で、なぜ自分が大学をやめるに至ったかを勇に語って聞かせる。以来、部室にＯＢが入れ替わり立ち代わり現れ、自分の中退理由を語ることに。その一方で、勇は美久との交際を順調に進めていたのだが……。

デビュー作の特徴として私は、平易で読みやすい文章、デフォルメされたわかりやすいキャラクター、同種のエピソードを連作のように重ねていく「パターン重視」の手法、そしてそれらをつなげた結末という全体の構成という四つを先に挙げた。この四つは本書を含め、その後の著作すべてに共通している。

主人公は一貫して、弱気で奥手な若い男。そこに、上から目線で強引に主人公を振り回すタイプの女を組み合わせる。『ウンメイト』では運命のひと探しとして毎回色々な男と出会う顛末《てんまつ》を描き、『フラワード』ではさまざまな葬儀に花を届けてそこでの出来事を描く。『生協のルイーダさん』は色々なバイト先での出来事だ。つまりテンポよく同じパターンを続け、主人公に経験を積ませていくのである。と同時に、水面下では別の出来事が並行して起きており、それが最後につながってくる。

本書もこの方法を踏襲している、優柔不断で自分にまったく自信の持てない社本勇と強気美人のルイーダさん。今回はそこに美久というファム・ファタル的女性が加わった。パターンを重ねるという部分は、夜毎《よごと》現れるOBたちの中退の顛末だ。

既刊を読んでいる人にとっては安心して読める、すっかりお馴染《なじ》みの構成と言っていい。個々の中退話の素《す》っ頓狂《とんきよう》さにあははと笑い、美久とのラブの顛末にヤキモキし、勇の変わらぬダメっぷりにツッコみ——けれどまったくバラバラに見えたこれらの描写がつながったとき「ああ、そうきたか！」と思わずニヤリ。捻《ひね》ろうと思えばいくらでも捻られるし、伏線を仕込もうと思えばいくらでも仕込めるところだが、「ばーっと読めて、わーっと楽しめる」ことを優先するためだろう、あっさり明かしているのがもったいないほどだ。

だが、もったいないという言葉はたぶん間違っているし、失礼に当たるだろう。著者は、マニアに向けてではなく、本から離れてしまった人を呼び戻すというより困難な挑戦のために、この手法を取り続けているのだから。

ところで先ほど「よくあるダメな主人公の成長ものね——と思ったら大間違い」と書いたが、何が違うのか。身もふたもない言い方をするが、社本勇は、成長しないのである。いろんな体験をして、それなりに学ぶこともあったけれど、結局彼の優柔不断ぶりはまったく治らない。やっぱり情けなくて、ダメダメのままだ。

でも、それがいいのだと思う。人はそう簡単に成長なんてできない。そんな彼でもなんとかやっていけている。そして時には、たまには、稀《まれ》に、ピシっと決断してみせることもある。次の日にはまた優柔不断に戻っているけど、でも、それでいいじゃないか。充分じゃないか。教訓だの説教だのより、それがいちばん励まされるじゃないか——なんだか物語がそう語りかけているような気がするのだ。

そしてそれこそが、百舌涼一が語った「重くない、くどくない、ひきずらない」ということなのではないだろうか。

小説を読む習慣のない人や、昔は読んでたけど最近はすっかり遠ざかってしまった人はもちろん、疲れたときや重い話はちょっとしんどいときにも、気軽に手にとっていただける作品だ。どうか気楽に楽しんでいただきたい。それこそ著者が目指していることだから。

（おおや・ひろこ　書評家）

本書は、集英社文庫のために書き下ろされた作品です。

百舌涼一の本

生協のルイーダさん
あるバイトの物語

大学生の社本勇は優柔不断だ。生協職員の「ルイーダ」こと井田瑠衣に紹介されるまま、数々の不思議なバイトをこなしていると……。気鋭の新人が贈るブラック〝バイト〟コメディ！

集英社文庫

集英社文庫　目録（日本文学）

集英社文庫　目録（日本文学）

森村誠一　悪の戴冠式
諸田玲子　月を吐く
諸田玲子　髭麻呂　王朝捕物控え
諸田玲子　恋縫
諸田玲子　おんな泉岳寺
諸田玲子　狸穴《まみあな》あいあい坂
諸田玲子　炎天の雪（上）（下）
諸田玲子　恋かたみ　狸穴あいあい坂
諸田玲子　四十八人目の忠臣
諸田玲子　心がわり　狸穴あいあい坂
八木圭一　手がかりは一皿の中に
八木澤高明　青線　売春の記憶を刻む旅
八木原一恵・編訳　封神演義　前編
八木原一恵・編訳　封神演義　後編
矢口敦子　祈りの朝
矢口敦子　最後の手紙

矢口史靖　小説　ロボジー
薬丸岳　友罪
八坂裕子　幸運の99%は話し方できまる！
八坂裕子　言い返す力　夫・姑・あの人に
安田依央　たぶらかし
安田依央　終活ファッションショー
柳澤桂子　愛をこめ　いのち見つめて
柳澤桂子　生命《いのち》の不思議
柳澤桂子　ヒトゲノムとあなた
柳澤桂子　すべてのいのちが愛《いと》おしい　生命科学者から孫へのメッセージ
柳澤桂子　永遠のなかに生きる
柳田国男　遠野物語
矢野隆　蛇衆
矢野隆　慶長風雲録
矢野隆　斗《とう》棋《ぎ》
山内マリコ　パリ行ったことないの

山川方夫　夏の葬列
山川方夫　安南の王子
山口百惠　蒼い時
山﨑宇子　ラブ×ドック
山崎ナオコーラ　「『ジューシー』ってなんですか？」
山田詠美　メイク・ミー・シック
山田詠美　熱帯安楽椅子
山田詠美　色彩の息子
山田詠美　ラビット病
山田かまち　17歳のポケット
山中伸弥
畑中正一　iPS細胞ができた！　ひろがる人類の夢
山前譲・編　文豪の探偵小説
山前譲・編　文豪のミステリー小説
山本一力　銭売り賽《さい》蔵《ぞう》
山本一力　戌《いぬ》亥《い》の追風《おいて》
山本兼一　雷神の筒

集英社文庫　目録（日本文学）

集英社文庫 目録（日本文学）

夢枕獏 ものいふ髑髏《どくろ》
養老静江 ひとりでは生きられない ある女医の95年
横幕智裕 周良貨／能田茂・原作 監査役 野崎修平
横森理香 凍った蜜の月
横森理香 30歳からハッピーに生きるコツ
横山秀夫 第三の時効
吉川トリコ しゃぼん
吉川トリコ 夢見るころはすぎない
吉木伸子 あなたの肌はまだまだキレイになる スーパースキンケア術
吉沢久子 老いをたのしんで生きる方法
吉沢久子 老いのさわやかひとり暮らし
吉沢久子 花の家事ごよみ 四季を楽しむ暮らし方
吉沢久子 老いの達人幸せ歳時記
吉沢久子 吉沢久子100歳のおいしい台所
吉田修一 初恋温泉
吉田修一 あの空の下で
吉田修一 空の冒険
吉永小百合 夢の続き
吉村達也 やさしく殺して
吉村達也 別れてください
吉村達也 セカンド・ワイフ
吉村達也 禁じられた遊び
吉村達也 私の遠藤くん
吉村達也 家族会議
吉村達也 可愛いベイビー
吉村達也 危険なふたり
吉村達也 ディープ・ブルー
吉村達也 生きてるうちに、さよならを
吉村達也 鬼の棲む家
吉村達也 怪物が覗く窓
吉村達也 悪魔が囁く教会
吉村達也 卑弥呼の赤い罠
吉村達也 飛鳥の怨霊の首
吉村達也 陰陽師暗殺
吉村達也 十三匹の蟹
吉村達也 それは経費で落とそう
吉村達也 「会社を休みましょう」殺人事件
吉村龍一 旅のおわりは
吉村龍一 真夏のバディ
よしもとばなな 鳥たち
吉行あぐり 吉行和子 あぐり白寿の旅
吉行淳之介 子供の領分
與那覇潤 日本人はなぜ存在するか
米澤穂信 追想五断章
米原万里 オリガ・モリソヴナの反語法
米山公啓 医者の上にも3年
米山公啓 命の値段が決まる時
隆慶一郎 一夢庵風流記

集英社文庫　目録（日本文学）

隆慶一郎　かぶいて候
連城三紀彦　美女
連城三紀彦　隠れ菊(上)(下)
わかぎゑふ　秘密の花園
わかぎゑふ　ばかちらし
わかぎゑふ　大阪の神々
わかぎゑふ　花咲くばか娘
わかぎゑふ　大阪弁の秘密
わかぎゑふ　大阪人の掟
わかぎゑふ　大阪人、地球に迷う
わかぎゑふ　正しい大阪人の作り方
若桑みどり　クアトロ・ラガッツィ(上)(下)　天正少年使節と世界帝国
若竹七海　サンタクロースのせいにしよう
若竹七海　スクランブル
和久峻三　あんみつ検事の捜査ファイル　夢の浮橋殺人事件
和久峻三　あんみつ検事の捜査ファイル　女検事の涙は乾く

和田秀樹　痛快！心理学　入門編　―なぜ僕らの心は壊れてしまうのか
和田秀樹　痛快！心理学　実践編　―どうしたら私たちはハッピーになれるのか
渡辺淳一　白き狩人
渡辺淳一　麗《うるわ》しき白骨
渡辺淳一　遠き落日(上)(下)
渡辺淳一　わたしの女神たち
渡辺淳一　新釈・からだ事典
渡辺淳一　シネマティク恋愛論
渡辺淳一　夜に忍びこむもの
渡辺淳一　これを食べなきゃ
渡辺淳一　新釈・びょうき事典
渡辺淳一　源氏に愛された女たち
渡辺淳一　マイ センチメンタルジャーニィ
渡辺淳一　ラヴレターの研究
渡辺淳一　夫というもの
渡辺淳一　流氷への旅

渡辺淳一　うたかた
渡辺淳一　くれなゐ
渡辺淳一　野わけ
渡辺淳一　化身(上)(下)
渡辺淳一　ひとひらの雪(上)(下)
渡辺淳一　鈍感力
渡辺淳一　冬の花火
渡辺淳一　無影燈(上)(下)
渡辺淳一　孤舟
渡辺淳一　女優
渡辺淳一　仁術先生
渡辺淳一　花《はな》埋《うず》み
渡辺淳一　男と女、なぜ別れるのか
渡辺淳一　医師たちの独白
渡辺優　ラメルノエリキサ
渡辺雄介　MONSTERZ

S 集英社文庫

中退《ちゅうたい》サークル

2018年12月25日　第1刷　　定価はカバーに表示してあります。

著　者　百舌涼一《もずりょういち》

発行者　徳永　真

発行所　株式会社 集英社
東京都千代田区一ツ橋2-5-10　〒101-8050
電話　【編集部】03-3230-6095
【読者係】03-3230-6080
【販売部】03-3230-6393（書店専用）

印　刷　株式会社 廣済堂

製　本　株式会社 廣済堂

フォーマットデザイン　アリヤマデザインストア　　マークデザイン　居山浩二

ISBN978-4-08-745826-8 C0193